中国女孩

那年初夏

李东华 / 主编　蒙　曼 / 顾问
周　晴 / 著

天津出版传媒集团
新蕾出版社

图书在版编目（CIP）数据

那年初夏 / 周晴著 . -- 天津：新蕾出版社，2019.6（2024.12重印）

（中国女孩 / 李东华主编）

ISBN 978-7-5307-6901-0

Ⅰ.①那… Ⅱ.①周… Ⅲ.①长篇小说-中国-当代 Ⅳ.①I247.5

中国版本图书馆CIP数据核字(2019)第164248号

书　　名	那年初夏　NA NIAN CHUXIA
出版发行	天津出版传媒集团 新蕾出版社
	http://www.newbuds.com.cn
地　　址	天津市和平区西康路35号(300051)
出 版 人	马玉秀
电　　话	总编办 (022)23332422 发行部 (022)23332676　23332677
传　　真	(022)23332422
经　　销	全国新华书店
印　　刷	天津新华印务有限公司
开　　本	880mm×1230mm　1/32
字　　数	110千字
印　　张	7.25
版　　次	2019年6月第1版　2024年12月第6次印刷
定　　价	28.00元

著作权所有，请勿擅用本书制作各类出版物，违者必究。
如发现印、装质量问题，影响阅读，请与本社发行部联系调换。
地址：天津市和平区西康路35号
电话：(022)23332677　邮编：300051

序言

为中国女孩塑像

李东华
(著名儿童文学作家、评论家)

几年前,我曾和几位作家探讨过一个问题:如何书写中国式童年?我们能够得出的共识是:中国经济的迅猛发展带来的社会巨变,使当下中国儿童的生活经验、精神世界呈现出既不同于父辈也不同于国外同龄人的独特面貌。

儿童文学从来不是孤立、封闭地存在的,它孕育于民间文学与成人文学,受本土人文与社会环境的影响极大,它既要具有文学性,还要具有儿童性与丰富性。文学性要求它具有一定的立意高度,又要摆脱成人腔和自以为是的说教,使孩子们在阅读时有思考、有停顿,能够专注、细心地去品味其中的文字之美。而其儿童性和丰富性则体现在对不同生存状态的孩子们的关注,不仅仅是对都市少年儿童生活的浅层次的描摹,这就要求创作者拥有更开阔的胸襟和视野。

新蕾出版社的"中国女孩"系列将一个个平凡女孩置身于一次次历史浪潮中,将虚构的小说情节与客观的历史现实相结合,这无疑带给儿童文学一次有益的尝试。

在约稿的过程中,"中国女孩"系列获得了多位作家无一例外的认可和支持。在与作家和编辑就此选题进行策划、探讨的过程中,大家群情激昂,每个人都思如泉涌,热情与激情迸发。儿童文学不只是对儿童有意义,真正好的儿童文学同样可以把成年人带入一种美好的心灵状态。

我们自古有着古今文化兼容并蓄的胸怀,有着把外来文化同化为自我精神资源的自信。作为一个创作者和研究者,我愿意从茫茫书海中淘出那些真正具有儿童文学精神质地的作品,推荐给孩子们,因为儿童文学不仅要把故事讲好,更要提供一种正确的世界观。而"中国女孩"系列是我特别乐意推荐的一套书。

通过这些作品,我似乎能够看到一个个呼之欲出的妙龄少女,她们或文质彬彬,或轻歌曼舞,或忍辱负重,或倔强刚烈,她们可能像你,也可能像我,她们代表着传承了几千年的中华民族的精神与文化,展现着中国女孩积极、阳光的明媚形象。

儿童文学是一种把世界描绘得温暖、阳光、向善、美好、充

序言

满爱的文学。儿童文学的魅力之一就是可以帮助孩子们打开观察这个世界的另一扇门,可以让他们换一种视角看世界,对世界永远保有一种最初的新鲜感和惊奇感,从而激发创造的灵感。

"中国女孩"系列中,十二位女作家的曼妙才思,见证了文学与生活的相互辉映,也见证了中国儿童文学的兴盛与传承,更见证了中国文化的自信与薪火相传。

"中国女孩"的传承

蒙 曼
(中央民族大学教授、博士生导师)

中国是世界文明古国之一,几千年的历史哺育了华夏儿女,也长养了属于中国人的精神气派。

森林里的动物不需要历史,它不需要知道自己的祖先是谁,也不需要知道自己将去向何方。但人是需要历史的,我们本能地想要知道,自己从哪里来,到哪里去,为什么会以今天这种样子生活在世界上。事实上,正是我们的历史塑造了我们今天的模样,也在一定程度上指引了我们明天的方向。每个人有每个人的历史,每个民族有每个民族的历史,正因为如此,我和你不同,我们和其他国家的人也不同。有这样的不同,才有了当今这个复杂而迷人的世界。

"中国女孩"系列就是以全新的视角来向孩子们展示"中国女孩"的来龙去脉,它将孩子们带入历史的海洋,又将传统文化中优秀的性格特质蕴含其中。

"八岁偷照镜,长眉已能画。十岁去踏青,芙蓉作裙衩。十二

序言

……学弹筝，银甲不曾卸……"李商隐的这首诗描绘了一个唐代的小姑娘，却让人感觉似曾相识，似乎就是你身边的小姐妹。

历史上的女孩和当下的女孩当然有很多不同，但是，二者之间绝非没有契合点。"中国女孩"系列正是希望寻找到这种契合点，寻找到自古至今传承在中国女孩身上的那些熠熠生辉的东西，让它们在今天的中国女孩身上继续闪光。

这套丛书一共十二册，覆盖了从唐代至今不同的历史时期。唐、宋、元、明、清，这五个朝代都非常有特点，生活在这五个朝代的女孩也各具特色：能歌善舞的唐代女孩，吟诗作赋的宋代女孩，生活在汉蒙文化融合中的元代女孩……而近现代的七本书则选取了自抗日战争以来的七个时间段，这是中国变化最快的时代，这些中国女孩同样能引发人的深深思考。细细读罢，仿佛看到一个个既属于自己，又属于时代的女孩正向我们姗姗走来。

我很赞赏"中国女孩"这一选题，它试图立足于不同的时代背景，塑造出一个个符合时代特性的女孩形象，让今天的孩子们在看故事的同时，身临其境地触摸中国历史，感受时代旋律。我更赞赏的是，这些故事中的主人公全都不是什么惊天地泣鬼神的大英雄,她们就是一个个平凡而又神奇的小女孩,让小读者观之可亲,能够和她们同喜同悲。

这是一套适合女孩子、女孩子的家长和女孩子的朋友们的书,希望大家和我一样喜欢,在阅读中获得心灵的滋养、感情的陶冶和智慧的启迪。

目 录

1　第一章　橙色预警

17　第二章　老天给的"福利"

31　第三章　阿波罗,你好吗

42　第四章　培训班的烦恼

53　第五章　远亲不如近邻

64　第六章　虫的世界

78　第七章　抖音里的欢笑

88　第八章　成长加油站

103	第九章	厉害的奶奶
115	第十章	西西的故事
132	第十一章	有趣的老孙头
139	第十二章	蔚蓝计划
150	第十三章	面试的收获
163	第十四章	空谷幽兰
173	第十五章	好事多磨
188	第十六章	宝藏通道
203	第十七章	病房里的笑声
209	尾声	未来已来

那年初夏,台风来得很猛,仿佛预示着一个非同寻常的开端。

——题记

第一章

橙色预警

今晚，注定会是一个不眠之夜。

天气预报说，台风"艾云尼"预计在未来二十四小时内影响本市，威力将明显加强……娅娅看到大人脸色里的紧张，心里却不以为意。她也说不出自己为什么会这样。

窗外已是风雨交加，狂风的威力，隔着窗户也能感觉到。娅娅站在窗前，想看看台风究竟会带来什么，是不是像她此刻的内心一样没有头绪？果然，窗前的那一排杉木，已经七倒八歪，在跳着狂欢的舞，雨点打在玻璃窗上，密密麻麻的，聚集成小小的瀑布，顷刻间阻挡了娅娅的视线。

老妈说,她小时候遇到过一次特别厉害的台风,滨海城里被狂风刮得乱七八糟,暴雨让街道成了一片汪洋大海,人们就在"汪洋"里赤脚蹒跚。"海"上呢,漂浮着竹篮、塑料桶和凉鞋……娅娅想象着这个画面,觉得很有意思,心想,如果让她遇到,她会不会也和同学在水里玩耍呢?

上午的期末考试开始前,毛老师就说,下午学校要放假,台风离这里已经非常近了,只剩二十几个小时就会到达,明天全市停课。娅娅和同学们抬头看看天,天出奇地平静,看不出一丝台风要来的信号,甚至还有一点儿闷热。"山雨欲来风满楼",娅娅忽然就想到了这句诗,可是风呢?如果连一丝风都没有,哪里还会"风满楼"呢?台风它老人家,真的已经在路上了吗?

长这么大,娅娅和她的同学们从没有接到过因为台风而发布的停课通知。大家心里都暗自高兴,对台风也更加好奇,甚至还有些兴奋。能让学校停课的,应该是个特别厉害的角色。哈哈,简直可以说是一个惊喜,眼看着考完试就快放暑假了,没想到,这个台风,比暑假来得还积极呢!

"它真的会把人吹跑吗?"

"我妈妈说,她看到过厉害的台风,可以把树连根拔起呢。"

"还会让汽车飞起来。"

"你说的是美国飓风吧？听说能把人吹起来再抛下来。"

"就是呀，台风才不管你是不是要考试，有没有放暑假，它说来就来，根本不和你商量，弄你一个措手不及！"

"哈哈，多带劲啊，可以躲在房间里看老天爷的表演啦！"

"不管怎么说，台风来了，不用上学了，多好的事情啊！"

……

讨论下来，大家一致的意见是：如果台风可以带来这样的"惊喜"，那么，就让台风多来几次吧。

就在台风即将来临时，爸爸开车出去了，家里只剩下娅娅和妈妈。娅娅觉得自己好像在等这一次台风的到来，心里莫名兴奋。

电视里不断滚动播报台风的实时情况，台风像一个紧箍咒一样，让这个城市笼罩在一片焦虑之中。预警等级已经从昨天的蓝色预警变成了今天早上的黄色预警。毛老师在微信群里说，停课的时间里，请家长保证孩子们的安全，让孩子们在家做做功课，不要外出。

试都考完了，还要做功课？娅娅心里暗笑，难得可以做点自己喜欢的事情了。

可是，就在中午回家的路上，娅娅和妈妈吵起来了，她的心情并不轻松。

放学的时候,是妈妈来接娅娅的。远远的,娅娅就看到妈妈穿的那件真丝衬衣,被风吹得像一个充足气的球一样,加上杏黄的颜色,就好像一个超大的黄金瓜,特别搞笑。妈妈看到娅娅笑,撇了撇嘴说:"笑什么笑,学校停课,到处都关掉了,这台风,来得真不是时候。"

"不是挺好的吗?"娅娅说,"天意呀。我们都说,老天爷肯定看到了我们读书辛苦,派台风下来安慰我们一下,哈哈!"

"有什么好的?我联系了一家培训中心,说好明天去付款的,我托人排队拿了个很靠前的号,这台风一来,好不容易拿的号肯定就浪费了。娅娅,我告诉你,那个培训班很难进的。我听说去那里培训过的小孩子,重点校面试的通过率能超过百分之五十……这台风来得真不是时候,眼看暑假就要开始了……"妈妈是个话痨,一说起来就没完。

"什么培训班?不去,我不去。已经有那么多课要去上了,我要累死了!暑假我有很多事情要做呢。"娅娅一边说,一边瞄着妈妈的脸色。她心里明白,没有老爸在旁边保驾护航,这样的牢骚搞不好会惹出妈妈一大堆话来,只能点到为止。

从小到大,娅娅是在妈妈安排的各种培训班里泡大的。小时候还好,妈妈给她报的培训班,是学钢琴和画画的。妈妈说:"女孩子嘛,琴棋书画,都要懂一点儿,将来才会幸福。"妈妈还说:"音、体、美都要在小学阶段学出一点儿名堂来才好。"娅娅不懂妈妈说的,不过,音乐和美术,学起来还是很好玩儿的,特别是那个美意顶顶绘画班,娅娅每个星期都盼着去。

那时候,妈妈还一直说,要给娅娅报个游泳班,可暑假的游泳班非常火爆,娅娅又怕水,就这样拖了一年又一年。自从去年娅娅升入五年级后,妈妈的字典好像翻到了新的一页。那一页里,写满了焦虑和紧张,似乎在说琴棋书画可不能当小升初的敲门砖,必须要学点有用的了,哪怕临时抱佛脚也好。于是,那个一向温柔的妈妈,对娅娅百般依顺的妈妈,突然就变成了小升初培训班达人,语、数、外,每一样都令她焦虑。妈妈一头扎进各种名堂的培训班,先是把钢琴的一对一课程砍去了,换成思维训练课,又把美意顶顶的绘画课变成了两星期一次,在她的脑海里只有一个目标:千方百计让娅娅挤进重点中学去。

爸爸虽然有点儿看不惯,但最多就是朝妈妈眨一下眼睛,然后趁妈妈不在的时候,对娅娅说:"你老妈是为你好,你对她太重要了。你看她给你买了多少好看的衣服,还有那么多吃也吃不完的零食,不要顶嘴,不要和她对着干,知道吗?"

娅娅只能收起不满，乖乖去那些费脑筋的培训班，几乎把所有的业余时间都填在里面。

"娅娅，我和你说，你知道吗？要进重点中学首先要过的就是面试关。我听说滨海外语学院附中的面试官里还有个老外，直接要求用英语对话，你一个人要应对一排面试官。要是不训练，你到时候肯定紧张得什么也说不出，更别说用英语对话了。所以，趁着暑假去培训一下，熟悉熟悉那种面试环境，很有必要。人家教的是实战技巧和经验，这个你必须去。"

"老外面试？"这个对娅娅来说是新鲜事，"不是还有一年才小升初吗？急什么呀？"

"哎呀，哪能那么淡定啊，要考进好学校提前就要张罗了。我打听过了，刚升入六年级就会有各个重点校的面试，这一关直接关系到你的未来。你想想，几分钟时间，就能决定你的命运。娅娅，等你进了重点中学，妈妈就不管你了，现在是关键时期，你必须配合。唉，这台风来得真不是时候。"

"我不去！哈哈，台风来了，我就盼着人家不开门，你给我报不上名，哈哈哈！"娅娅说。

"你这小孩儿怎么说话呢？台风是那么好玩儿的事情吗？真是不懂事。"妈妈忽然就板起了脸。

"反正我觉得台风挺好的。还有,不去培训班,我也可以把英语学好。"娅娅说,"我保证……"

"这个你说了不算。"妈妈没让娅娅把话说完,她知道,有些事情,不可以和女儿讨价还价,必须斩钉截铁,"妈妈比你懂,人家教的是技巧和经验。"

娅娅不说话了,嘴巴噘了起来。

一回到家,妈妈就钻进书房忙了起来。娅娅想象得出,妈妈要么是在电脑上看其他家长的吐槽和留言,要么就是拿出手机打听明天报名是否还继续。

唉,娅娅叹了一口气,一个人走到客厅的窗台前,心里很失落。

那个笑眯眯的妈妈,那个喜欢给她打扮的妈妈,那个以前暑假会拉着娅娅去美发店换发型,再手拉手去张老师家学琴,之后一起吃日本料理的妈妈呢?怎么说变就变呢?这个学期,娅娅的业余时间几乎被莫名其妙的培训班填满了。

这样想着,娅娅心里越来越气。放假以前她已经全力以赴,把所有的力气都花掉了,就盼望着暑假可以有些自由时间。她有那么多的事情想做:画画、看电影、编曲……没想到妈妈居然捷足先登,还想将暑假填满。

没劲,太没劲了。

夜色降临,远处的高架桥上,华灯初上,让这个城市产生了一种朦胧的美。台风好像有了一些迹象,娅娅比任何时候都盼着台风能快快到来,这样就可以改变妈妈的计划。最好台风可以离开得慢一些,让娅娅能多享受几天轻松的时光。

她心里这样想着的时候,听到一声"叮咚",手机上收到一条短信:

> 请市民注意,台风"艾云尼"的中心位置已临近我市,黄色预警升级为橙色预警。请关好门窗,待在室内,并做好防风避险工作。

真是心想事成。娅娅看着短信,一个人咧开嘴笑了。哈哈,天助我也!

就在这时,家里的固定电话响了起来。

这年头儿,会打固定电话的基本都是家里的亲戚,而且多半是年纪大的长辈,娅娅和同学早就开始用QQ和微信联系了,所以娅娅很确定这电话与她没关系。她顺势在沙发上坐下,继续看

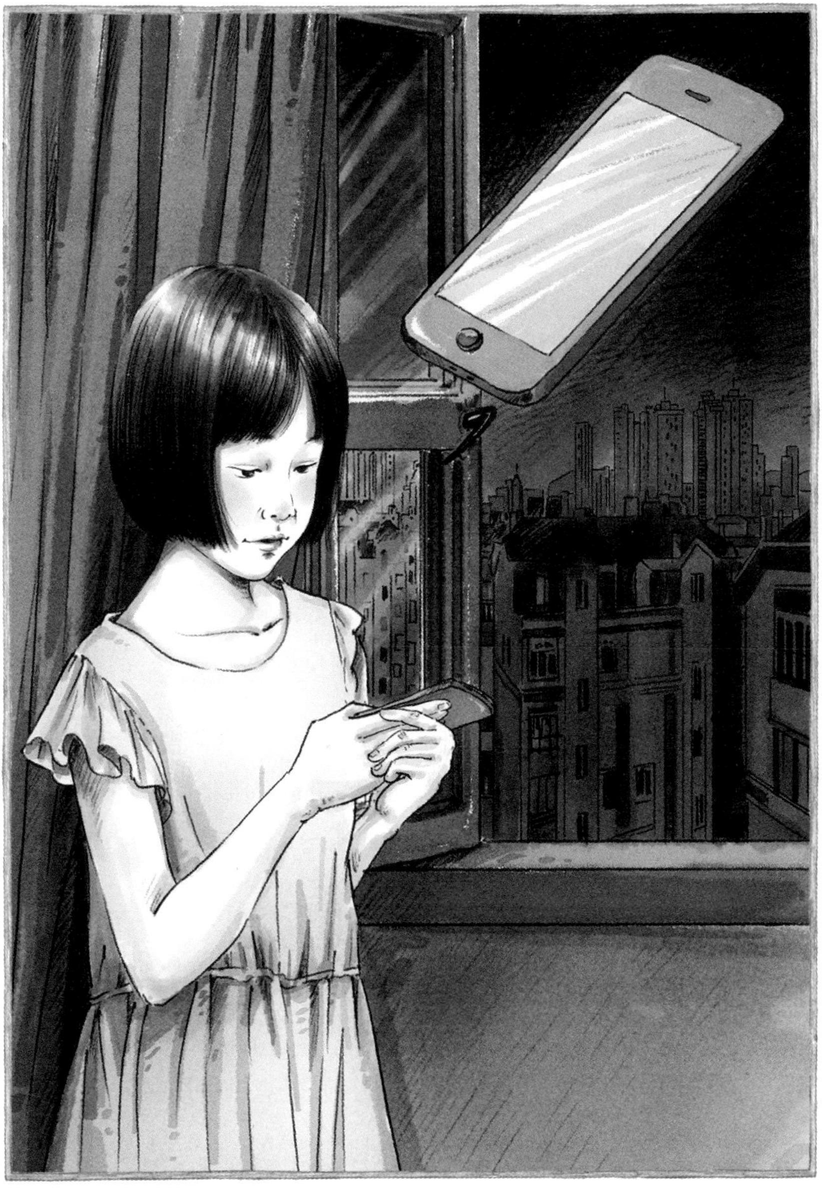

手机,无视电话铃声在耳边的"骚扰"。

铃声一遍遍响起,老妈居然不过来接电话。

"娅娅,接一下电话。"妈妈在书房里大叫,"我在打手机呢,没办法接。"

电话执着地响着,娅娅很不情愿地从沙发上站起来,走到茶几边,抓起了电话。

电话里传来爸爸焦急的声音:"娅娅啊,怎么这么久才接电话?台风到了吗?你和妈妈都在家里吧?"

"老爸啊,我们在家,刚看了短信,台风橙色预警啦。我们学校今天下午就放假啦。"

"我正担心呢。哦,哦,在家就好,你快叫你妈妈接电话。"

"老妈在打一个重要的电话,你等等哟。"这句话说完,娅娅刚想放下电话,就听到电话那头老爸的声音:"难怪你妈妈的手机忙音呢。不用叫她了,和你说也一样。你告诉你妈妈,我才开到半路,就被台风困住了。雨大风急,我只好找个旅馆住下了,等台风过了再上路,估计明天也走不了,要后天才能到你奶奶那里。你在家要听妈妈的话,知道吗?"

娅娅这才发现,自己刚刚站到窗台前,潜意识里是在等爸爸回家。"啊,老爸,那你在哪里呀?"娅娅一边问老爸,一边朝着书房大叫道,"老妈,是老爸的电话!"

"哦,来了,来了。"妈妈应着。

"南通!这里的风太大,方向盘都快不受控制了,你奶奶家的电话也打不通,今天真是倒霉!"爸爸的声音像是在吼叫。

娅娅朝窗外看看,天完全黑了,天气预报说将有14级左右的强台风,娅娅不知道14级的风有多大,大概就是车都要飘起来那么大吧。

"可能奶奶家的电话线被14级台风吹断了吧。"娅娅这句话没说完,妈妈已经从书房小跑着出来了。

"这种天气去接人,亏他想得出。"妈妈咕哝了一句,接起了电话。

娅娅把电话交给妈妈。她懒得听妈妈唠叨,走进了自己的小房间。

小房间的样子,与一个星期前有很大的不同,娅娅还有点儿不习惯。

房间里多了两样家具:一张小床和一个简易橱,挤得满满当当的。远远看上去,简直就和宾馆里的标准间——两张单人床,中间立着一个矮柜——格局完全一样。不一样的是,在房间右边靠墙的地方,并排放着一个衣柜和一个书柜。娅娅的写字台被移到了小床对面原来放钢琴的地方,钢琴嘛,去了书房……这一切,都是因为奶奶要来这里。爸爸说,奶奶要来和他们一起生活,而且,奶奶就和娅娅住一个房间。

娅娅说不出心里是开心还是不开心。好像两者都有。

在娅娅两岁前,奶奶曾经来滨海市照顾过她。虽然娅娅的脑海里没有多少关于那时的记忆,但照片上,娅娅和奶奶都笑得很开心。爸爸说,那时候,娅娅最喜欢吃奶奶做的菜,还有菜馒头和甜酒酿。奶奶会做很多很多好吃的,每一样都叫人百吃不厌。

娅娅对奶奶的记忆是她更大一点儿时,每到春节,娅娅会跟着爸爸妈妈回老家——那个离滨海市四个多小时车程的石头城,也位于海边。不过与娅娅住的海边不一样,那里看不到蓝色的海岸线,能看到的是黄色的滩涂和满地的芦苇;那里的街道不热闹,网络不发达,没有车水马龙的景象,那里安静,乡土气息浓,透着一些老旧。

奶奶家的房子,是那种院里有天井的老宅。春节那几天,奶奶整天忙里忙外,爷爷就坐在天井里的一把旧藤椅上晒太阳。爷爷说的话,爸爸能听懂,娅娅和妈妈要很费劲才可以听懂一点点,只能对爷爷点头微笑。好在奶奶的普通话还不错。据说是因为奶奶年轻时,在村里大食堂做大厨,和各种人打交道,所以学会了普通话。春节那几天,家里川流不息的,全是亲戚,娅娅始终没弄清楚谁是谁,但他们每一个来了都会说,呀,小姑娘长高了,蛮好,蛮好。

也有人会问妈妈,还生男娃吗?有时候,奶奶会在一边嘀咕道:"怎么就没生出个男娃呢。"

妈妈和爸爸这时就显得很紧张,赶紧用别的话岔开,好像生怕娅娅听到一样。

娅娅本来根本不在乎,也不知道那些亲戚为什么总是爱说"男娃"。后来,她上了小学才明白,这大概就是书上说的"重男轻女"吧,奶奶那一辈的人,还有那些亲戚,大概是觉得男孩子长大了有出息,女孩子没用吧。

娅娅虽然不以为意,但还是在心里对奶奶结下了说不出来的疙瘩。

其实,春节那几天,娅娅每天睡醒了就是吃,奶奶天不亮就去集市买菜,然后忙到将近中午,变出一样样好吃的小菜。娅娅虽然吃得很过瘾,但心里并不领情,因为她总是从奶奶的眼睛里看到一点儿哀怨和不甘心。好在春节过得飞快,只要一回到自己家,娅娅的脑海里就只剩下石头城的美食和口袋里的压岁钱了。

可是,今年年初的时候,爷爷走了,奶奶变成一个人了。

那年夏

爸爸是个孝顺的儿子,他不放心,就和妈妈商量:"家里反正还算大,有三间屋子,要不把娅娅奶奶接到这里来吧?娅娅奶奶来了,烧饭不成问题,娅娅也有人照顾了,你可以集中精力辅导娅娅的功课,岂不两全其美?"

等他们商量好了,爸爸就来和娅娅说,她的房间要多放一张床,让奶奶住下。

上个星期,爸爸和妈妈去宜家挑选家具,娅娅借口功课多,没跟着去。

娅娅的房间不算小,可快上六年级的娅娅,一个人住也有好几年了,生活中忽然要多出个奶奶来,娅娅还没做好准备。

三天前,家具送来了。爸爸对娅娅说,奶奶是喜欢热闹的人,一个人住老宅,对身体不好。爸爸还说,周末就去接奶奶,那天晚上吃饭的时候,娅娅有点儿沉默。

爸爸肯定是感觉到了。等到晚上十一点,妈妈睡着了,娅娅的功课做完了,爸爸走进了娅娅的小房间,坐在那张新的小床上,对娅娅说:"我知道,奶奶和你一起住,你会不习惯,别说你了,我和你妈妈也要重新习惯起来。"

"为什么不可以在书房里放张床呢?"娅娅问。这个问题在娅娅心里放了好几天了。

"娅娅,我们想过的,可是,你要明白,奶奶这次来我们家,不是来做几天客人,是要一直住下去的。所以,要让奶奶把这里当作自己的家。"爸爸的声音虽然很轻,却充满了感情,"你刚出生的时候,奶奶过来帮忙,就是住这间房间的。那时候,你每天一定要奶奶陪着才肯睡觉。半夜醒来,也是奶奶给你喂奶、换尿布。后来是因为爷爷身体不好,奶奶才匆忙赶回老家的。你奶奶呀,一直都在照顾别人,其实,她自己也有一身的病。现在她年纪大了,我想让她来这里享几天福。娅娅,你能理解爸爸的心情吗?"

"可是,"娅娅停顿了一会儿,说,"爸爸,奶奶她不喜欢我,她一直说男娃男娃的,她不喜欢我,我感觉得到。"

"那是她老脑筋,你不用在意。"爸爸说,"来了,住下了,她会喜欢你的。你多聪明啊,奶奶是菩萨心肠,爸爸觉得这个不是问题。"

"会吗?"娅娅问。

"一定会的。娅娅,你答应爸爸,有想法和爸爸说,我们一起让奶奶开心地过过好日子,好吗?"

娅娅不说话了。

如果不是这场台风,奶奶今天或者明天就到了。

娅娅不知道,奶奶的加入,会让这个家庭有什么变化。一直到躺在小床上,看着旁边空着的那张床,娅娅还在想这个问题。

她实在想不清楚,接下去的日子,如果一边有妈妈的唠叨和没完没了的培训班,一边还有个对她并不友好的奶奶,她还会不会快乐呢?

第二章

老天给的"福利"

这一场突如其来的台风,让住在同一幢楼里的逸宙感觉畅快。逸宙知道,本来今天,妈妈又打算悄悄消失。

现在,哈哈,飞机停航,老妈走不了了,事情正发生着微妙的变化。

也是逸宙妈妈大意了。在她的记忆里,滨海市每年夏天都会有几次台风来临的预报,但那些台风仿佛和滨海市特别友好,经常走着走着就拐弯了,最终与滨海市擦肩而过,并不与这个城市直接照面。所以,逸宙妈妈自从大学毕业留在这个城市,并没见识过台风的强悍,下点儿雨刮点儿风的小打小闹,从没有让她在意。

可是这一次,好像不一样。

从早上开始,航班就在陆续取消,逸宙妈妈这才意识到问题的严重性。今年这次的支教活动早就开始策划了。大山那边的孩子一直在期盼,所有的东西都先期发过去了,就差人了。可是这会儿,她和柳叶却被突如其来的台风困住了。

怎么办?可不可以"曲线救国",先离开滨海市、离开台风的包围圈,再"飞"呢?

逸宙妈妈腿上架着台手提电脑,歪着头把手机夹在肩膀上,不断联系着。声音虽不大,但一字一句都飘进了逸宙的耳朵里。

别看逸宙的打扮像个男生,她心里还是有着属于女生的细腻和敏感的。早几天,她发现妈妈下班回来会带些本子什么的,就敏感地意识到,妈妈大概又打算消失了。

妈妈每年总是在暑假开始的时候消失,这让逐渐长大的逸宙颇为恼火。逸宙记得,她读一年级的那年暑假,早上醒来时,看到外婆坐在床边,慈祥地看着她,妈妈却不见了。逸宙嘴上不说,心里却"咯噔"一下,有点儿难过。她跑到储藏室去找妈妈的黑色行李箱,果然那个原来放箱子的地方空空如也,她知道,妈妈悄悄离开她出远门了。

以后,只要看到妈妈整理行李,她就会本能地担心和害怕,仿佛那个黑色的行李箱是妈妈消失的"罪魁祸首"。那份不安的记忆,仿佛在她的心里生了根,怎么也挥不去。

她曾经和妈妈说起过这种感觉。妈妈很理解地说,确实是自己当时没做好,没考虑到逸宙的感受。可是,妈妈说归说,对于暑假独自出远门这件事,仍然不愿多说。

这个什么都愿意和逸宙敞开心扉的妈妈,为什么要对那几个星期的消失闭口不谈呢?逸宙对此非常好奇,总觉得里面也许藏着什么秘密。

和娅娅相比,逸宙简直就像个男孩。她把头发剪得短短的,总是穿运动衣。运动衣是她喜爱的足球队的队服,背面印着大大的号码。妈妈有时候会说:"幸好你喜欢的球队队服都是红色的,否则,哪还有女孩子的样子啊!"

逸宙就笑妈妈永远搞不清状况,拜仁慕尼黑和阿森纳,都是欧洲俱乐部里的强队,但这和颜色有什么关系呢?只不过它们的主场队服恰巧都是红色的而已。

当然,妈妈挺开放的,对她忽然喜欢上足球倒是没有看不惯,对她爱穿运动衣也没说什么。于是,红色就成了逸宙的幸运色,遇到考试或其他对逸宙来说重要的日子,她一定会穿红色的衣服。妈妈也不管,只是有时候会点一下逸宙的鼻子,说:"如果我们的逸宙穿上裙子,应该会更有女孩子的味道吧。"

逸宙住的那幢楼,在小区的中心。楼不高,十二层,每层住着六户人家,一字排开,家家的门都在走廊,窗子朝南。据说,设计师也有他们的潮流,那一段时间,就流行这样的设计,每家都是正南朝向,冬天阳光好。海边城市的许多人都喜欢朝南的房子,说房子朝南不仅冬暖夏凉阳光好,而且风水好。

在这幢楼的周围,还有些六层高的楼,形成一个并不算大的小区。这样的小区虽然绿化和空地面积都不大,但在市中心就算很不错了,大家从阳台望出去,都能看到一些绿色。

这会儿,逸宙从七楼的封闭阳台看出去,远处的风景已经被水雾蒙住了,只有眼前的杉树骨瘦如柴的枝干随风摇摆着,似乎随时会被风连根拔起一般。远处那家医院的霓虹灯,忽明忽暗闪着黯淡的红色,"肿瘤中心"四个字,这会儿都缺胳膊少腿的,变成了"月留中心"。风声雨声一声紧过一声,确实有点儿恐怖。看来,这次的台风正如天气预报说的那样,一点儿没有拐弯,完全是正面袭击了滨海市呀。

"正面袭击"这个词,逸宙不陌生,在她心里,这个词似乎带有某种神秘色彩,是个贬义词。问题不出在"袭击",而是出在"正面"上,让逸宙从一开始就对它生出几分的不喜欢。

在足球场上,"正面袭击"意味着碰撞和受伤,逸宙还算灵活,从来没和对方球队的队员正面碰撞过。只有一次,逸宙和一个球员抢球时,眼看两个人就要撞上了,逸宙本能地往旁边一让,防不胜防地,撞到了从后面奔跑上来的另一个球员,于是,三个人一齐滚在地上,纠缠在一起,直接的后果是害她小腿的筋被拉伤。之后的几天,她必须尽量慢走,才不会太疼,可怜她还要装出完全没受伤的样子,生怕妈妈发现她的异样,不同意她再去踢球。

还好,妈妈早出晚归:早上走的时候,逸宙还没起床;晚上回来时,逸宙已经坐在书桌前写作业了。艰难地过了两个星期,逸宙的小腿才恢复,终于蒙混过关了。

逸宙喜欢上足球,是去年的事情。

去年,学校要成立女子足球队,通知贴到了橱窗里,还有学生会的人到每个教室来拉人。逸宙本来就喜欢运动,长跑不错,人长得不算高,但两条长腿让她的身材看上去十分挺拔。听说女子足球队每周有两次训练,都在下午,逸宙就动心了。那时候,每天下午的第二节课后是兴趣班时间,逸宙最想去操场上跑跑,一天的高强度脑力劳动后,她想尽情地放松一下自己,可教数学的戚老师和教科学的柯老师都看中她,要拉她去数学强化训练班和科学兴趣提升班,然后代表学校去参加市里的比赛。逸宙愿意代表学校去比赛,但不愿意整天做题补习,那些题目,永远做不完。

可是,一直让逸宙自主选择的妈妈,在放学后是去操场还是上提高班这个选择上,却和逸宙立场相反。妈妈觉得,如果可以在学校完成提升,再拿个奖回来,真是求之不得呀!所以,妈妈说:"我觉得提高班是更好的选择。"

逸宙才不这样想呢。她悄悄报了足球队,然后煞有介事地告诉妈妈,体育在考试时有加分,而且,女子足球队也可以参加比赛,去市里拿名次。"你知道的,女子队,很少的,物以稀为贵!拿奖更有把握些!"逸宙最后总结道。

然后,逸宙真的迷上了足球,她发现,进球那一刻,她总有一种异样的快感。仿佛那个飞进球门的旋转球,瞬间激发了她内心的小宇宙,让她像是被点燃一般热血沸腾。这感觉,迷住了逸宙,让她欲罢不能。

从一开始想要逃避课外的学习培训,到迷上足球,大概也就用了不到一个学期的时间。而且,令老师和妈妈欣慰的是,逸宙还是年级里数学最棒的女生。她擅长细致的计算题,还有那些需要脑洞大开的几何题,甚至捧回了一个重要的奥数奖状。

"逸宙,你过来一下。"听到妈妈叫她,逸宙回身看了一下妈妈,离开了阳台。

"你能帮妈妈下载一个App(应用程序)吗?我想查一下今天的航班信息,飞昆明的。"妈妈抬起头看着逸宙,"我本想今天早上告诉你的。"

逸宙朝妈妈看去,感受到一种被重视的欣喜,她不知道该感谢谁,台风还是妈妈。她点了点头,不经意地朝妈妈的卧室看了一眼。那里,一个黑色的行李箱正倚靠在墙边,整装待发。"哪个航空公司的呀?"她问,心里却在暗自发笑。

去年,刚发现那张明信片时,逸宙就问过妈妈,暑假可不可以带她一起去,妈妈当时说了句"等你上了中学吧",就轻描淡写地混过去了。逸宙知道"正面进攻"未必是好办法,她表面上不动声色,心里却在思考着办法,于是就去悄悄找了妈妈的闺蜜柳叶阿姨。

柳叶阿姨是个大记者,逸宙叫她柳姨。关键是,柳姨的话对妈妈来说,比逸宙的更有说服力。如果不是妈妈的另一个闺蜜小雷阿姨远在北京,逸宙大概还会去找小雷阿姨帮自己说话呢。

她朝妈妈笑笑,打开自己的手机,点开了"飞常准"App,她早就下载下来了。她也不问妈妈航班号,只输入了今天的日期,搜索起来：

> 取消，
>
> 取消，
>
> 取消……

"从滨海出发的航班全部取消了……"逸宙轻轻说。

"你看看从附近云水市出发的。"妈妈还不死心。

"还是取消。"逸宙将手机伸到妈妈面前。这个时候，逸宙甚至可以想象这一刻机场空荡荡的样子，妈妈今天肯定是去不成了，逸宙心中窃喜。

"天意啊！"妈妈咕哝了一句，看着逸宙，"来，坐下。只能等台风过了再去了，本来想着，这两天走的话，你还没放假呢。现在，如果时间延后了，你愿意一起去看看吗？"

逸宙心里"咯噔"一下，但她不动声色地在妈妈身边坐下，生怕妈妈又将话题转移了。

"我每年都要去的那个地方，在云南省河口瑶族自治县的大山里。今年我们商量时，你柳姨就说带上你，也算是行万里路吧，我当时想也没想就回绝了。你马上要面临升学，得先保证你踏进滨外附中,不能节外生枝……"妈妈说到这里,顿了一下,"我们就把时间提前了一周,我本来打算早点出发,早点回来陪你,可这台风一来,把我们的计划打乱了。刚刚小雷阿姨又说,如果晚一周出发,她也可以一起去了。难得啊!所以,如果……我是说如果,你愿意一起去吗?"

"那里,很好玩儿吗?"逸宙刚一问完,就后悔了,机会来了,不能错过,那么,这样的关子也就没必要卖了,没等妈妈回答,她又跟了一句,"我愿意。"

"你都还没听我说完,就决定了?"妈妈显然感到有些意外。

"我想肯定比待在家里精彩吧,行万里路嘛,你自己说的。那你继续说,你们去那里干什么?"逸宙问。

"去支教,去给那里的孩子们加油,为他们的未来点一盏灯,种一棵向上的树。"

"种树?"逸宙抓住了妈妈这段话里面的关键词。

"是呀,那里最缺的就是老师。这个,你去了就知道了。逸宙,对妈妈来说,每年去那里,成了一种念想和牵挂了。大山能让人有不一样的胸怀和体验,在那里更能找到对知识该有的最初的热情和期待,收获很多,然后也就放不下了。"

"放不下?"逸宙说。

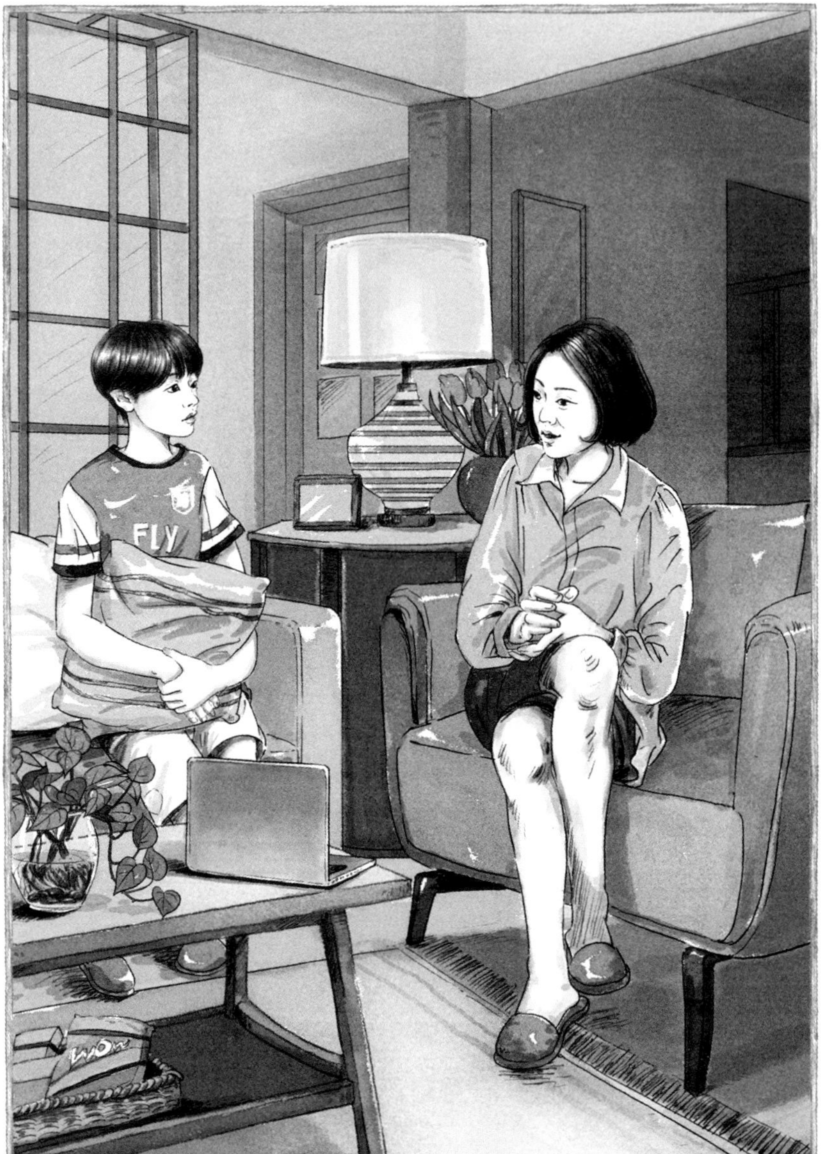
FLY

"嗯。逸宙,我告诉你,"妈妈继续说,"我每次去那里……"

"嘀嘀嘀……"妈妈面前的电脑传来一串清脆的铃音。

妈妈停住话,拿起了鼠标。逸宙看到屏幕下方有一个小头像在闪动,妈妈点开的时候,逸宙认出了,是小雷阿姨。

  小雷:决定了吗?和我的时间凑一起吧,我请好假了,我想西西了,把你家逸宙带上,还有柳叶。哈哈,老天爷的安排,不服从不行啊。

  小慧:正和逸宙说呢,你等一下。

妈妈回复了一句,继续和逸宙说:"你决定了?这次一起去?"

"好呀,小雷阿姨还能想到我,不错,不错。"逸宙喜欢小雷阿姨,是因为她爽朗的笑声,但她远在北京,难得见面。

"谁知道她想什么,大概想你了吧。"妈妈笑着说。

"妈妈,你们是和那地方有什么缘分吗?"逸宙想趁着妈妈心情好,多问几个为什么。

"你说呢?如果想跟我们去,赶紧把暑假作业做完,还有,不能影响升学,好不好?"

"没问题!"逸宙比了个 OK 的手势,就算和妈妈说定了。

窗外的台风还在肆虐，逸宙却心情大好。这个"正面袭击"的台风，仿佛给逸宙送来一个机会，它是不是还能带来更多的惊喜呢？

哪有心思做作业啊！回到小房间，逸宙悄悄拉开抽屉，翻出了那张明信片。

有点儿泛黄的纸片上，有一幅画：白描的画法，好像画的是山和树。但吸引逸宙眼球的，是中间绿色和白色的部分：那绿色深邃，安静中带着某种呼之欲出的张扬，似飘逸的带子般舞动着身姿；而镶嵌在绿色中的白色，又似点睛之笔恰到好处地渲染出一种气氛……逸宙猜不出这幅图的含义，但不可否认，整个画面虽然偏冷色调，却协调舒服，无论是构图还是色彩，有一种悠长深邃的意境。

这个，是逸宙有一次找平板电脑时发现的，妈妈喜欢把东西藏进家里唯一上锁的抽屉里，却常常忘了拔出钥匙。

因为担心逸宙的视力下降，妈妈总把电子产品藏进这个抽屉里，这更增加了逸宙探究抽屉的好奇心。果然，她在抽屉的深处找到了许多明信片，每一张上都画着一幅好看的图画，有素描，也有水粉画，还有一些抽象画。寄件人落款处都写着一个名字：西西。字很娟秀，一看就是女孩子的笔迹。逸宙忍不住挑了一张明信片放进了自己的抽屉。她觉得,这个叫西西的人,应该和妈妈每年的消失有关,她想从中发现一些蛛丝马迹。

逸宙曾经按上面的邮戳搜索过,发现那是云南的一个山区,她又通过网上地图"实地"查过,果然,那里放眼望去都是茂密的山林。

妈妈怎么会认识大山里一个叫西西的女孩?这个问题让逸宙百思不得其解。

西西,对了,刚刚看到小雷阿姨也提到这个名字,逸宙的心里一激灵,如果可以跟着妈妈她们一起去那里看看,也许这个谜团就可以迎刃而解了。

吃好晚饭,逸宙打开微信朋友圈,想把今天的好心情记录下来,怎么写呢?

  谢谢这个初夏送来的台风,让暑假变得有趣起来了……

怕妈妈看到,逸宙还故意屏蔽了她,才发了出来。

几乎在同时,手机振动了一下。

逸宙赶紧点开来看,是程程发来的微信。这家伙,又出什么花样啊?

在吗？可以来我家吗？紧急求助！SOS……

这鬼天气里,程程想干什么？居然还发了SOS信号,又和她妈妈闹别扭了？想不管程程,逸宙有些于心不忍。窗外,风呼呼叫着,雨点打在玻璃上的声音也越来越大,逸宙和程程聊了几句,当即决定去程程家走一趟。

虽然程程妈妈那像侦察机一样的眼睛,逸宙不喜欢,但为朋友两肋插刀,是逸宙欣赏的豪爽,何况不过是去一下程程家。

第三章

阿波罗,你好吗

"妈妈,我们家有雨衣吗?"程程翻开房门边上那个小小的储物柜,里面倒是有不少雨伞,但找不到一件雨衣。

以前,家里有很多雨衣。自从买了汽车,老爸不用再骑车了,那些雨衣就不见踪影了。

"你找雨衣干什么,这个鬼天气,你要去哪里?"妈妈的声音从盥洗室里传出来。

"不去哪里啊,我就找找,万一明天要用,不是可以早点做好准备吗?"

妈妈从盥洗室跑出来,两只手上还沾着许多泡沫,她甩了甩手,迈着小碎步走到程程身边:"你怎么想起找雨衣了?有什么我不知道的事情吗？"

妈妈满脸的不信任,疑惑地看着程程。

程程最烦妈妈这个表情了,长到十二岁,妈妈似乎还是把她当一个三岁的小毛头,照顾周到也就算了,什么事情都要从头管到脚,实在是……唉,程程不知道该说什么好。

她朝妈妈挥一下手:"不找了,没事。"

"真奇怪。"妈妈说,"功课做好了吗？台风来了,温度会降低,不能出门。我马上就搞好,再帮你在浴缸里放好水,你来泡一下吧！洗个泡泡浴,舒舒服服的。"

"不要——"程程声音稍微大了一点儿,"夏天,热也热死了,我冲淋浴就可以了。好了,您去忙吧,我回房间了。"

程程一边回房间,一边在懊悔,为什么忍不住要问妈妈雨衣呢？本来心里想好自己悄悄找的呀,怎么又去问妈妈了呢？

唉,难道是自己依赖惯了吗？这个,是不是很难改变了呀？

程程躺在沙发上,顺手拿起 iPad mini(迷你平板电脑),打开了微信。她想找逸宙聊聊,可马上就放弃了,聊完了还要费心删去,挺麻烦的。

可她心里,想着的全是阿波罗,仿佛憋着些什么,不吐不快。

如果可以找个人说说,如果可以去外面看看,如果……

程程的电子设备都没有密码,妈妈随时可以查看,要不要设一个密码这个问题烦扰了程程好久。逸宙曾经对她说:"拜托,电脑、手机和日记一样,都是你的隐私,为什么你妈妈要看?你设个密码,然后对你妈妈说清楚,小孩子也有隐私的!"可最终程程还是没有勇气设置密码,总觉得如果设了密码,妈妈看到了,肯定会伤心的。为了不让妈妈伤心,还是算了吧。

所以,程程很少在上面吐露心声,比如这会儿,她其实很想与逸宙聊聊阿波罗,可是,她还是忍住了,逸宙大概没心思听她吐槽,更重要的是,她不想在微信上留下痕迹,还是自己一个人面对黑夜想想心事更加自由些吧。

她全身心沉到床里,闭起眼睛让思绪飘散到黑夜中,她在想她的阿波罗。阿波罗,你好吗?这会儿,你会去哪里呢?

如果有一件雨衣就好了,阿波罗就不怕这风雨了。

爸爸用的雨衣,对阿波罗来说,是不是太大了呀?

也许,还是大一点儿的塑料袋更适合阿波罗吧?

哪里去找这样的塑料袋呢?

重点是,哪怕找到雨衣了,也有了适合阿波罗的雨衣或者塑料袋,我又到哪里去找我的阿波罗呢?

阿波罗是小区里的一只小猫,很可爱。它的两只眼睛颜色不一样,浑身的毛也是一半黑一半白的。程程每次放学在小区里看到它,都会停下来给它喂点东西,所以,阿波罗和程程很亲,总是跟在她后面喵呜喵呜叫个不停。

程程几次和妈妈提出想收留这只可爱的"喵星人",妈妈总是摇头,根本没有商量的余地。

"猫咪呀,脏死了。不行,不行。"妈妈一脸厌恶,"你是过敏体质,猫毛,哎哟,想想我就起一身的鸡皮疙瘩。"

妈妈特别爱干净,所以,程程的家里,灰尘是无处可逃的。进门前,妈妈还总要让人用个鸡毛掸子掸掸身上,才能进屋。

进屋的第一件事情,就是换家居服,然后才可以坐到沙发上。爸爸老是忘记这些规矩,妈妈就追在后面盯着爸爸完成所有程序才安心。

程程曾经很困惑,妈妈怎么会这样?外公外婆好像都没有这样的习惯,爸爸更是和妈妈不一样。后来外婆告诉她,妈妈对卫生这样敏感,完全是在生了程程之后。

因为程程小时候过敏严重,动不动就满脸满身的小红疹,妈妈抱着她跑遍了滨海市的各大医院,就是找不到过敏原。后来,医生笼统地说,灰尘和尘螨都可能是罪魁祸首,于是妈妈就和一切灰尘尘螨干上了。再后来,程程的病好转了,但妈妈特别爱干净的习惯也已经养成了。妈妈振振有词,说就是因为家里干净了,程程的过敏才发作得少了,所以不能掉以轻心。

有这样的妈妈在,怎么可能养猫呢?

程程试过几次,也就死心了,阿波罗是带不到家里的。可是,这改变不了她有一颗喜欢阿波罗的心。

程程和车棚里的肖爷爷说好了,让阿波罗住在车棚里。她瞒着妈妈从网上买了个小小的猫窝,还是用逸宙的账号买的。就是那次,逸宙怂恿她设个密码。猫窝送到逸宙家的那天,正好她家的大人都不在,就这样,神不知鬼不觉的,算是给阿波罗在自行车棚里安了个家。至于猫粮嘛,这个好办,学校旁边的超市里就有,程程只要省下一点儿零花钱,就可以让阿波罗每天都吃饱了。

可是,今天下午却出了意外。学校因为台风早放学,程程走到楼下,照例打算去车棚逗阿波罗玩,却发现阿波罗不在,那个猫窝也没了。车棚里忽然空出来一块,显得特别突兀。程程立在那里,有种不好的预感,阿波罗遇到麻烦了?

肖爷爷说:"下午居委会来检查台风前的安全准备,看到那个猫窝,认为是安全隐患,就处理掉了。"

"处理掉了?"程程问。

"对呀,进垃圾桶了。"

"那阿波罗呢?"程程问。

"当时阿波罗出去溜达了,可能待会儿它就会回来吧。"

程程等了好一会儿,没见阿波罗回来,风倒是越来越大,眼看着妈妈快下班了,程程只能悻悻地回家。

阿波罗会去哪里呢?这么大的风雨,阿波罗会不会遭遇不测?如果有一件雨衣就好了,如果阿波罗还在车棚就好了……

整个下午,程程都惶惶不安,做什么事情,眼前都会浮现阿波罗那双眼睛。到了晚上,她有点儿坐不住了,她想到楼下的车棚去看看,这么坏的天气,阿波罗安全吗?她的心里仿佛吊着个水桶,悬着也不是,落下也不是,如果可以去看一下,大概会安心一点儿。

可是,有什么办法可以说服妈妈,让自己去楼下看看呢?

程程的脑子飞快地动了起来,去找逸宙,去倒垃圾,去……总要试试吧,否则,这个晚上,她会睡不着的,就像妈妈不见了孩子,不能就呆坐在家里等吧,必须做点什么。程程一骨碌从床上爬起来,决定上微信问问逸宙,这家伙脑子快,或许有办法。

她点开逸宙俏皮的男孩头像,写道:

在吗？可以来我家吗？紧急求助！SOS……

她眼睛紧盯着微信,希望此时此刻,逸宙正好在看微信。等了一会儿,果然看到对话框的上方显示"对方正在输入"。

逸宙：什么情况？现在去你家？？？

逸宙显然没有理解程程的意思,后面又跟了一句：

逸宙：你想做什么？

程程：我想去找阿波罗。这鬼天气,我很担心。

逸宙：放心吧,猫有九条命,它们有办法保护自己。

程程：《活了一百万次的猫》,那是童话,你也相信？

逸宙：我说的不是童话,是科学。

程程：可是,我还是想出去,闷死了。我妈妈比较相信你。

逸宙：明白,你等着。

逸宙已经不是第一次扮演这样的角色了。

逸宙和程程,同在五年级四班,性格完全不一样。程程喜欢安静,爱看书、听音乐、写作、上网……总之,她喜欢一个人就可以完成的那些事;而逸宙却喜欢数学和运动,足球当然是最爱。逸宙每次和程程说起足球,程程会激动一下,脑海里飞出一些想要奔跑的念头,但稍纵即逝……即便这样,也不妨碍她们成为好朋友——那种不用天天黏在一起,但可以随时敞开心扉交流,又一点就通、特别默契的朋友。

当然,逸宙成绩好是个重要因素。程程妈妈不喜欢好动的女孩,但对逸宙却另眼相看,因为近朱者赤,她希望逸宙可以带动程程,让程程的成绩向上走。

逸宙有时候去程程家,两个小女孩躲在小房间里,面前放着课本,然后天南海北地聊天。逸宙爱说她们放学后足球训练的趣闻,程程就聊她喜欢的音乐和阿波罗,还有在网络上看到的新闻。程程向往逸宙那种动感生活,逸宙有时也会看着程程,感受她柔弱的外表下细腻丰富的内心世界。程程谈起听音乐时的享受、在网络上驰骋时的眉飞色舞,以及她对阿波罗的细心和爱护,让逸宙心里生出许多莫名的羡慕。

有的时候就是这样吧,在外人看来,两个性格迥然不同的女孩成了朋友,简直像个奇迹,而她们就是能互相羡慕着携手向前,并彼此温暖。

大概五分钟后,程程家的门铃被摁响了,程程妈妈打开门,看到逸宙站在门口,身上穿着件蓝绿色的睡裙。

"阿姨好,我找程程。"

"逸宙啊,这么晚了,找我们家程程有事吗?"

"我在挑音乐做一个PPT(演示文稿),就是搞不定,想叫她来帮一下。我搞了一个晚上了,还是搞不定。"逸宙一口气说完,脸不红心不跳。

"一定要今天晚上吗?你看,都快八点了。"程程妈妈说。

"妈妈,没事的,就在楼上,我去去就来。"程程从客厅走出来说,"平时都是我求逸宙,难得她有事情要我帮忙。对吗?"

"那,好吧,你换条裙子吧。"妈妈说,"最多一个小时哟。"

两个女孩相视一笑,所有的诡计都在笑容里。

十二岁的女孩,心思已经很缜密了,何况,程程妈妈遇到的是数学和科学思维超级好的逸宙呢。

程程换了条牛仔裙,穿好凉鞋,跟着逸宙出了家门。

走进电梯,逸宙问:"你真打算去外面找阿波罗?待会儿淋湿了回家,事情不就穿帮了?"

"就是呀,你家有雨衣吗?"程程问,"其实,我就是心里难过,再呆坐下去,会发疯的。你不知道,我刚才脑子里全是阿波罗遭

39

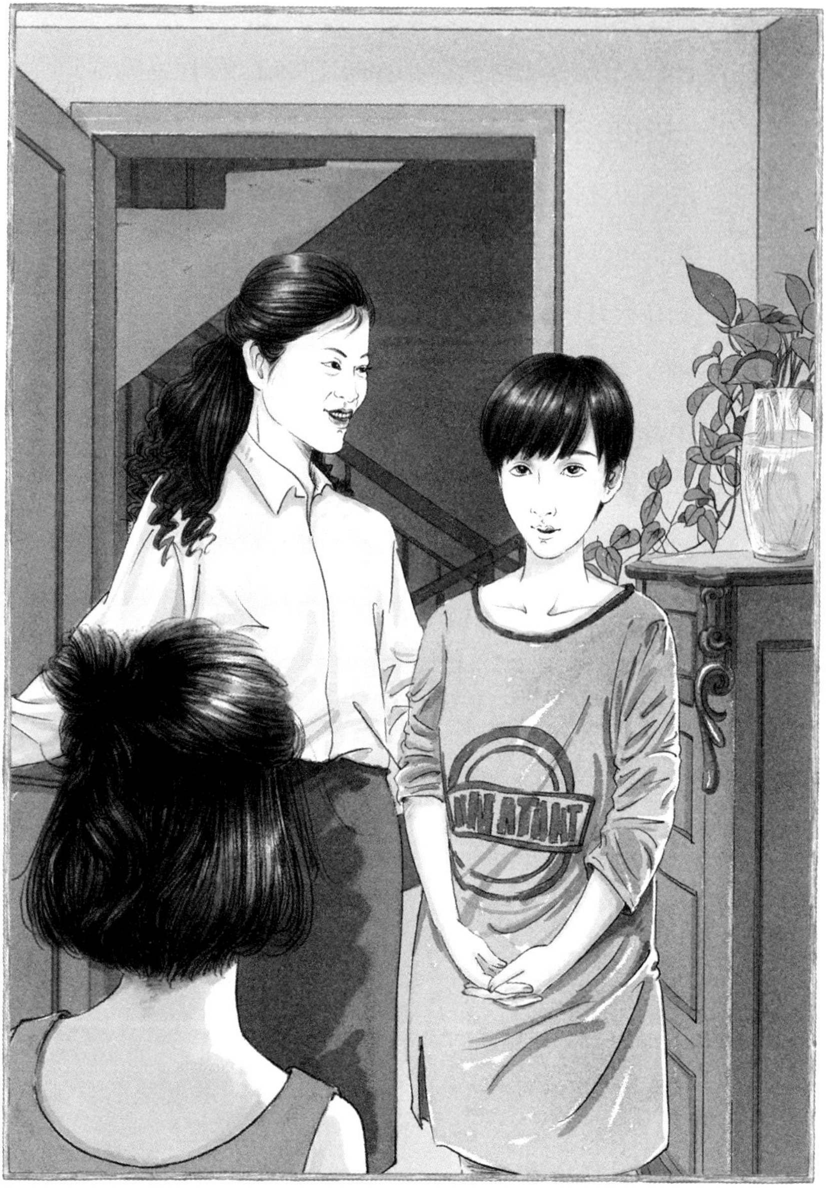

遇不测的样子,简直就是'如坐针毡'。对,用这个词形容我刚才的心情再准确不过了,我得出来走走。逸宙,谢谢你!"

"咱们俩谁跟谁啊。"逸宙理解地点点头,"你等着,我去家里拿个手电筒,陪你去转转,也许,阿波罗就躲在楼梯下面呢?"

没多久,两个小女孩在七楼的电梯间会合,逸宙的手上多了个手电筒,程程的脸上有了舒展的笑容,她们彼此望一眼,摁了数字1,关上了电梯门。

阿波罗,你在哪里呢?

你还好吗?

你别着急,我们来看你了。

第四章

培训班的烦恼

　　娅娅是被手腕上手环的震动闹铃震醒的。她闭着眼睛,关掉了闹铃,翻了个身,想继续睡一会儿,却猛地感觉房间一下子亮堂了,一定是奶奶拉开了窗帘。紧接着,奶奶的大嗓门儿响了起来:"才几天啊,就想赖床了?"此刻,这声音听起来特别刺耳。

　　娅娅用毛巾毯蒙住头,大叫:"就五分钟,奶奶,五分钟。"

　　娅娅的这个暑假,生活中有了奶奶忙碌的身影。奶奶是台风过后被爸爸接来的。接下来的两个星期,娅娅经历了一段从不习惯到稍微习惯的过程,没想到的是,才刚刚适应了奶奶,娅娅却和妈妈闹了场严重的不愉快。这不,已经过去三天了,两个人还没说话呢,都憋着口气。

说起这个暑假,娅娅其实挺忙的,妈妈帮她报了三个培训班,每周一、三、五上午一个,二、四、六下午一个,还有一个放在周五的晚上,都是为了小升初。除了周日,一天里总有半天,娅娅要去上课。那些培训班讲的,其实都是学校学过的东西,娅娅的心里并不情愿。她有很多事情想做,心心念念向往的暑假,简直一点儿不像暑假的样子。

当然,娅娅虽然心里不痛快,但她知道自己成绩一般,就没吭声,忍住了。爸爸不是说大人也不容易嘛,就这样吧。

每天剩下的半天,她还要背英语单词、写作业,还要在难得空闲的傍晚,陪奶奶去楼下散步,这是爸爸交给她的任务。

每天掐着闹铃起来,完成了这些规定课程,才能有少得可怜的自主时间,娅娅可以练一会儿琴,发一会儿呆,看一会儿书,三个"一会儿"之后,一天就结束了。

可是,三天前,娅娅终于忍不住爆发了。

妈妈下班回来时,又拿出一张报名表,就是台风那天被迫取消的那个贵得离谱的面试培训班,搞什么嘛,2999元,就为搞定一些重点学校招生的面试,还要专门去训练,还要再贡献两周二、四、六、日的整个上午,娅娅立刻表明自己的态度。

"你想让我累死啊?!我不去,要去你去!"娅娅拒绝去参加。

"就八次。我打听过了,这个很有必要的,开学后就没时间了,这个暑假是冲刺的黄金时间,滨外附中,现在是我们的 dream school(理想学校),你要抓住这个机会呀。"

"滨外附中?Dream school?"娅娅盯着妈妈看,"妈妈,你再说一遍?"

"虽然很难,但值得试一下。"妈妈微笑着点点头,"我和你爸爸都认为,你是有机会的,你看,音乐、口才、亲和力,你哪一样比人家差了?等这个暑假的培训班上完,成绩也就没问题了。"

娅娅心里有一股无名火不断向上冲,马上要冲到喉咙了,她觉得自己仿佛是妈妈手上的木偶,被牵制着。妈妈用手一拉线,她就要跟着跑,一点儿商量的余地也没有,她快要跑不动了,妈妈却一点儿怜悯之心都没有。

而且,关于将来进哪所学校,爸爸和妈妈不和她商量,就擅自做了决定。那个滨外附中,是他们俩一致的心愿。之前,听他们偶尔唠叨,娅娅还没怎么放在心上。

滨外附中,那可是这个城市每个学生的梦想啊!当然,学校的录取比例,也就少得叫人只能说"呵呵"了。

这还让人活不活啊?!娅娅走到妈妈面前,用手摸一下她的额头说:"你没发烧吧?我这水平还去面试?还培训?免了吧。"

"娅娅,我打听过了,你的特长可以加分的。我已经把你那些画整理好备用了。人家喜欢有艺术细胞、思路开阔的孩子,你还有钢琴的考级证书,你去学一点儿面试的技巧,说不定就成了呢。理想总是要有的,万一实现了呢?"

"不去。那么贵,我不去。"娅娅还是摇头。

在这一点上,奶奶是支持娅娅的,奶奶一听,总共八次的课,要2999元,就摇头说:"一个女孩子家,花这个钱干什么?我看娅娅够辛苦的,可以了。暑假都没空教她做菜呢。"奶奶的话音未落,爸爸就打断她说:"妈,娅娅这个暑假先要想办法抓住升入好初中的机会。娅娅,听妈妈的话,就两个星期,克服一下。"

"妈,娅娅现在处在关键时期,如果可以努努力进那所学校,将来您孙女就有出息了。"妈妈说。然后,妈妈回转身看着娅娅:"你知道全市有多少挤破脑袋想进这所学校的小孩儿吗?去培训一下,心里有底一些。"

"可是,大家都用那些技巧面试,人家考官才不买账呢。"娅娅拒绝道,"面试不是有什么说什么吗?还需要花那么多钱去上培训班?"

"傻瓜,这就叫专业人做专业的事。人家会根据你的特长和兴趣,为你定制一对一的规划……"妈妈要和娅娅探讨下去。家里以前民主过了头,搞得要女儿参加个培训班还这么费劲。

"不用再说了。我不去,坚决不去。"娅娅的脑袋嗡嗡响,她打断妈妈的话,态度坚决地摇头,"你死了这条心吧,这个培训班,我是肯定不会去的。要去你去!"

"娅娅,你说什么?死心?你、你怎么这样和妈妈说话?"妈妈怔了一下,哭了起来,"你……唉……"

爸爸慌了,拉着妈妈进了卧室,奶奶也来打圆场:"娅娅,快去和妈妈说声对不起,怎么把妈妈惹哭了呢?这可不好。"

"我怎么知道?就说了句让她死了这条心,她就哭得稀里哗啦的。"娅娅觉得妈妈不可理喻。

然后,妈妈躲在卧室里没有出来,晚饭也没吃。再然后,已经过去三天了,妈妈还是没缓过来。娅娅觉得事情有点儿严重,她不知道妈妈为什么要小题大做,以前也赌气和妈妈耍小脾气,过一天就没事了。

难道因为奶奶在这里,妈妈要面子?娅娅不懂大人间的事情,但她不想去道歉,那个培训班,娅娅是真的不想去。所以,娅娅也板着脸。但娅娅心里并没放松,她每天早早起来背单词,加倍努力。只是,她赌着这口气。

和往常一样,奶奶拉开窗帘没多久,她就跳了起来,洗漱完吃好早饭,就开始背单词了。奶奶看娅娅认真的样子,不说话,连喘气走路都是轻轻的。看娅娅终于背完了,拿出暑假作业时,奶奶才悄悄走了进来。

"今天先不做作业,我来教你做道妈妈喜欢吃的菜,怎么样?"奶奶问。

奶奶来了,家里的伙食明显改善了。奶奶有一双巧手,可以用面粉变出各种好吃的小点心来。这让娅娅慢慢喜欢上了奶奶。每次吃饭的时候,娅娅总是盼望着饭后的点心。奶奶看娅娅喜欢,说可以让她学点儿手艺,女孩子家,会做饭烧菜,才可以找个好婆家。

娅娅就笑,奶奶这是哪个时代的观念哪。爸爸也说:"您这个是老传统了,现在外卖这么方便,想吃什么没有呢?下次我们去饭店吃粤菜,里面的点心,那才真叫好吃呢,真没必要费心学什么厨艺。再说啦,娅娅现阶段要学的东西太多了,不能分心的。"

奶奶当作没听见,继续说:"女孩子家,要学点家务活儿的。娅娅,你跟我学,我保证教你做一手好菜,我爸爸以前是老字号餐馆'老大房'的大厨呢。"

娅娅只管听他们说,不点头也不摇头。她喜欢奶奶做的菜,她觉得这也是很大的本事。

娅娅抬起头看着奶奶,她的头发已经花白了,脸上刻着深深的皱纹,眼睛里却透着慈祥。奶奶来的这一段时间,她才感觉到,奶奶除了有些重男轻女,真是个好人,到哪里都只想着家里的"买汰烧①"。娅娅忽然有些不忍心拒绝奶奶,朝她点点头。

"好呀,听您的,您想教我做什么菜?"

"你要先陪我去菜场买些菜。"奶奶说,"你了解你妈妈最爱吃什么。我来做。"

"我们可以在网上买呀。快递很方便的。"娅娅说着去找手机,"奶奶,想买什么?我来下单。"

"我想去外面走走,你陪我去吧。"奶奶说,"边走边和你说说话。"

娅娅看看窗外,太阳当空照着,大热天的……可是,她不好意思再说什么了,换了条裙子,和奶奶出门了。

娅娅住的这个小区对面不多远,就有个室内的菜场。娅娅住了这些年,就去过两次,还是妈妈买了菜拿不动了,叫她去帮忙的。后来,网络发达了,妈妈也很少去菜场买菜了。

这会儿,她挎着奶奶的手臂,朝菜场走去。

"张家奶奶,这是您孙女?"小区门口一个阿姨笑着和奶奶打

---

①买汰烧,上海方言,指买菜、洗菜、烧菜,泛指家务活儿。

招呼。

"是呀,去买点菜,娅娅,快叫庞阿姨。"奶奶说。

娅娅用很轻的声音叫了声,心里觉得奇怪:什么情况,这个人奶奶是怎么认识的?

"张家奶奶,谢谢你啦,馄饨真好吃。"一个老爷爷和奶奶打招呼。

"不谢,下次我包的时候再送去哟。"奶奶笑着说。

"张家奶奶,买菜去啊?"

…………

一路上,娅娅发现,认识奶奶的人很多,仿佛奶奶已经在这里住了大半辈子一样。

"奶奶,您怎么认识那么多人啊?"娅娅很好奇,每次放学回家,娅娅就只低头走路,从来不知道小区里有那么多张笑脸。

"哦,那个庞阿姨呀,她是居委会的,就住在我们隔壁那幢楼里。她家有个一年级的小男孩,听说数学不太好,想找个同学帮着补补,你有数学好的同学吗?"

"还有那个老孙头,就住在我们楼上,腿脚不方便,孩子都在国外,没人说话,又很少出门,我就送了点馄饨去。"

"奶奶——"娅娅拉长声音叫道,"您怎么谁的事情都管呢?

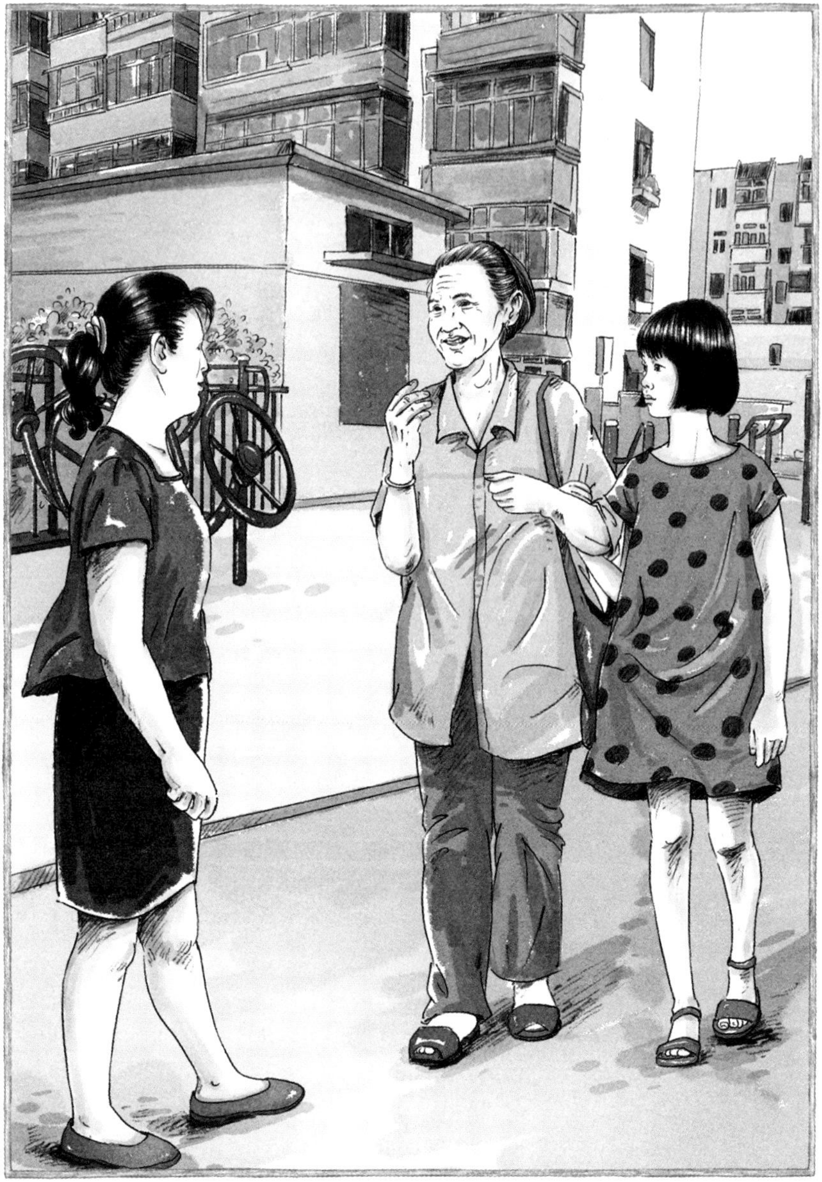

老爸知道了肯定会说您的。"

"唉,我在乡下热闹惯了,看到人就想说说话,帮人家做点事情。"奶奶讪讪地笑着。

"奶奶……现在骗子很多,您小心哪。"娅娅学着爸爸的口吻对奶奶说,"不要领他们到我们家来哟。"

"哪来那么多骗子呀?城里人,其实和我们乡下人没什么不一样,也喜欢热闹,就是担心这个担心那个的,活得累点。好了,娅娅,我们不说这个了。娅娅啊,奶奶今天拉你出来,是有几句话想和你说。"奶奶换了个话题,"你不要再和妈妈怄气了。妈妈上一天班回来,那么累,你还不和她说话,唉,作孽呀。那天看到你妈妈哭,我心里蛮难过的。你也知道,她是为你好。"

"我也不想啊,奶奶。为我好,有这么为我好的吗?以前,妈妈不是这样的,不会这么疯狂地为我报培训班,而且,她就是生我的气也不会过夜,一会儿就好了。这一次,我也不知道她是怎么搞的,大概是到更年期了吧。"

"我告诉你啊,你妈妈怀你时吃了很多苦,非常不容易。奶奶心里明白,你妈妈对你要求高,希望你出息,可能还和我有关。"

"和您有关?"娅娅站定,看着奶奶。

"是呀,我不是一直说想要个男娃吗?"奶奶说,"唉,我来的这段时间,看你从早忙到晚,没一丁点儿休息时间,心疼啊。我估计,你妈觉得你有出息了,就和生了男娃一样了。其实,你别看奶奶是老脑筋,但奶奶想得通,老天爷把你送到我们身边,就是要我们好好过日子,不吵,也不生气,开开心心的。娅娅,你听明白了吗?奶奶呀,想拉你去菜场买一点儿你妈妈爱吃的,好好做几个菜,晚上一家人热热闹闹吃顿饭。你呢,要配合奶奶,和妈妈说声对不起,那个什么培训班,如果妈妈觉得好,我们就去上,好吗?"

娅娅看着奶奶,抓不住奶奶话里面的要点,她知道,奶奶看着她和妈妈不说话,心里肯定不好受,她自己也不好受。

可是,这个怎么能和奶奶扯上关系呢?

"奶奶,这个和您没关系。我妈她是得寸进尺,已经报了那么多培训班了,我也没说不去,面试不就是回答老师的问题吗?您说,有什么好培训的?"娅娅说。

"奶奶不懂。奶奶就知道,一家人要和和气气的,不能像现在这样吹胡子瞪眼的,奶奶看着难受。是,我一直想要个男娃,可我也喜欢你呀……"奶奶叹了一口气,"不说了,我们去买菜,做一顿好吃的。今天晚上,你先开口,和妈妈说说话,知道吗?"

真是的,难道是爸爸搬了奶奶做救兵,还是奶奶真的是菩萨心肠呢?

第五章

远亲不如近邻

趁着醒面的工夫,奶奶洗好了鱼,和好了青菜香菇的馅料。那馅料很考究,新鲜的香菇和青菜,加上一点儿肉糜和豆干,剁碎了,再加几个鸡蛋,和匀了,淋上麻油,喷鼻的香。娅娅难得没待在小房间里,在厨房看奶奶忙碌,觉得那些平平常常的菜在奶奶的手下都变得好神奇。

"对了,娅娅,505好像有个小姑娘,你认识吗?"奶奶一边忙活着,一边问道,"我那天在电梯里听她和妈妈说爱吃菜馒头,待会儿我们做好了,送点去给她尝尝。"

"送菜馒头,那多怪呀!"娅娅不以为然。

"这有什么好怪的,你们城里人才怪呢,都没邻居来串门,连隔壁人家是干什么的都不知道。你看这面皮发得恰到好处,里面加了牛奶和白糖,吃上去有奶香和一点点甜味,奶奶做的菜馒头,小姑娘肯定会爱吃的。"

"奶奶,大家都需要独立空间,为什么要知道隔壁人家是做什么的呢?"

"老话说,远亲不如近邻,总有需要彼此照顾的事情吧?每天门一关,连个说话的人都没有。等暑假一过,我一个人在这么大的房子里,不是像关在铁笼子里的老虎了吗?"

娅娅大笑:"奶奶,您不像老虎,顶多像一只大狗熊,您是可爱型的。"

"好,大狗熊做的菜馒头要上笼啦。"很快,奶奶往蒸笼里放好了屉布和水,端上了煤气灶,又把香菇馅的菜馒头放进了蒸笼,"快了,快了。待会儿就可以吃到菜馒头了。"

"好,趁着这个空当,我来教你做你妈妈最爱吃的宫保鸡丁。你学好了,以后可以做给妈妈吃。"奶奶说。

宫保鸡丁是一道功夫菜。奶奶将所有的食材都洗干净,然后拿出大砧板来,一样样切成丁:鸡丁、胡萝卜丁、黄瓜丁和豆腐干丁……那些丁,小巧饱满,原来是这么切出来的。娅娅看得入了迷。

然后,奶奶又去切姜丝和葱段,一边切,一边对娅娅说:"做菜就像做人一样,需要仔细、认真,特别是准备工作,最见功夫了。就像你现在,哪一样都不能马虎,都要好好学,好好准备。"

备好了食材,奶奶起了热锅,把油壶里的油慢慢倒进去。等油稍微热了些,奶奶把鸡丁放了进去:"鸡丁要先炒,炒到飘出香味就好,做事情也该这样,要恰到好处。"娅娅在一边点头。

鸡丁被盛到一个碗里,热锅里的油还在,奶奶放进姜丝和葱段,煸炒了几下,说:"你别小看了这两样配菜,没它们提味,宫保鸡丁不会好吃。人世间的事也一样,身边的朋友都有他们厉害的地方。那些邻居街坊,要和他们交朋友,互相帮衬着才好。"

娅娅差点儿笑出来,奶奶像个心灵导师,做个菜一套一套的。

眼看着火候差不多了,奶奶将所有的食材都倒进了锅里翻炒。然后,就轮到调料瓶上场了,精盐、白糖、料酒、老抽……奶奶动作熟练,翻炒几下,关火,撒黑胡椒,再翻炒几下,宫保鸡丁就出锅了,足足装了两大盘子。

"这么多,要吃好几天啦。"娅娅说。

"楼上的两口子,郑老师和杨老师,我待会儿送点上去;还有老孙头,就想这个菜,上次还和我念叨呢。"

"奶奶,您真有本事,采访一下,您是怎么一下子认识这么多人的?"娅娅问。

"习惯了。看到邻居总要打个招呼吧?好了,闻到香味了吗?大狗熊做的菜馒头要出笼啦!505那个女孩,看上去和你差不多大,是不是和你在一所学校呀?"

"有可能。"娅娅说,"走廊里见过,不过,没说过话。"

奶奶停下手上的活儿:"住得这么近,都不打个招呼?唉,没我们乡下好哇。"

娅娅看看奶奶,接不上话来。

一笼菜馒头出锅。奶奶从碗柜里拿出个蓝花大盘子,将菜馒头一个个整齐地放进盘子里,然后招呼娅娅说:"先送一盘去505,正好你们认识一下,回来你再开吃。"

"我不去。我又不认识她。"娅娅像看怪物一样看着奶奶,以前咕哝几句远亲近邻的也就算了,奶奶居然真打算行动。

"你不去,我去。"奶奶固执起来,解下围裙,就去开门,"这个要趁热吃的。"

"奶奶,人家不认识你,根本不会开门的。"娅娅拦在门口,"再说啦,还有卫生问题,我们还是自己吃吧。"

"怎么会?自家做的,干净,味道也好,我就不信了。"奶奶换好了鞋,出了门。

娅娅不放心,跟在奶奶后面,径直朝505走去。

走廊里涌动着一股热气。从502走到505,也就半分钟的时间,门铃摁过了,娅娅看到门上的猫眼后一闪,然后听到门锁扭动的声音。门开了,但只开了一条缝,从门缝望进去,门里的女孩,脸上写满了紧张。

"小姑娘,你不要怕啊,我就住在旁边,喏,502的。我刚做好的香菇馅的菜馒头,我们家娅娅特别爱吃,我端一盘来,给你尝尝,大家是邻居,正好认识一下。"奶奶有点儿耳背,嗓门儿挺大。

女孩脸上的紧张有了些放松,不知道该不该接过盘子。娅娅站在奶奶后面,看得真切,这女孩挺善良的,没好意思关门,但也没伸手接奶奶的盘子。

僵局!

娅娅有点儿旁观者的心态,想看看接下去事情会怎么发展。

就在这个当口儿,忽然,"嗖"的一声,从门缝里蹿出一个黑白相间的东西。与此同时,女孩将门打开了,嘴里还叫着:"阿波罗,你可别乱来啊!"

娅娅看得真切,是只小猫,目标正是奶奶手上的菜馒头。

一定是这香味馋到了这只小猫。奶奶猝不及防,盘子一歪,几个菜馒头险些掉到地上,幸亏娅娅手快,从后面接住了菜馒头和盘子,女孩也冲过来,一下子抱住了那只小猫。

三个人，一只猫，一盘菜馒头，定格在走廊上。人们惊魂甫定，然后，一齐哈哈大笑起来。

大家一起走进了505，菜馒头放在了餐桌上。

娅娅从来没见过这么干净的屋子，窗明几净，娅娅想起这个成语。女孩自我介绍说，她叫程程，确定家里没人，她才敢让阿波罗到家来一小会儿，妈妈知道了，肯定会生气的。所以，刚才听到敲门声，女孩的心里很紧张。

"阿波罗是只野猫，很可怜的，那次台风，它是躲在我们楼道下的那个夹层里才逃过一劫的。我妈妈不让我养猫，我就只能每天下楼偷偷喂给它点猫粮。妈妈昨天出差去了，我才敢带它回来一小会儿，给它听听音乐。你不知道，我发现，阿波罗对音乐很敏感的！"

"你也喜欢音乐？太巧了！"娅娅说。

两个女孩越谈越投机，还谈到了她们共同喜欢的莫扎特。阿波罗趁机在一旁大吃猛吃，一口气干掉了三个菜馒头。

程程笑着告诉娅娅："这家伙自从那次台风后，胃口出奇地好。那次台风，它两天没吃东西，幸亏我找到了它。把它解救出来时，它已经奄奄一息了。于是我把牛奶、猫粮通通拿出来，生怕它吃不饱，一连喂了几天，它才渐渐有了生气，不过，就变成了现在这样的大胃王了。"

"它平时住在哪里呢？"娅娅问，"你没想过收留它吗？"

"想过，可我妈妈不可能同意的，她怕我过敏。"程程叹一口气，"其实，你看，我每天和阿波罗玩，一点儿事都没有。"

"真是可怜。你看它的眼睛，真好看。"娅娅抚摸着阿波罗的毛，阿波罗乖顺地喵呜喵呜轻轻叫着，两只眼睛，一只瓦蓝一只碧绿，非常漂亮。

忽然，娅娅灵机一动，对程程说："我有办法了，可以给阿波罗一个家。"

"什么办法？"

"简单。可以求我奶奶把阿波罗收留下来，家里有奶奶，阿波罗就不会没吃的了，我奶奶可是做菜达人。阿波罗有人照顾了，我奶奶也不会孤单了，你呢，可以有空来我家，看看阿波罗。怎么样，这样一来，一举三得。"

"真的吗？太好啦！"程程笑得特别灿烂，"到时候，我们一起把阿波罗培养成一只音乐猫……"

"好呀，好呀。"

就这样，不到一顿饭的工夫，娅娅因为奶奶，借着一盘菜馒头，认识了住在同一层楼的程程，还同时有了一只可爱的小猫阿波罗。

下午,去培训班的路上,娅娅忽然觉得,有了阿波罗的陪伴,暑假终于可以有点儿意思了。

这天下午,赶在妈妈回来之前,奶奶为阿波罗准备好了一个小小的窝,还为阿波罗好好洗了个澡,用了许多的沐浴露,喷了花露水。阿波罗看上去马上不一样了,精神了,眼睛更是滴溜溜的,特别神气。

晚上,妈妈回来的时候,阿波罗已经在娅娅家客厅的角落里打瞌睡了,它听到开门声,警觉地跳起来,躲到了沙发下面。

妈妈打开房门,就闻到了一股花露水的味道,她眉头皱了一下,咕哝道:"什么味道?"

"娅娅妈妈回来啦,哦,是花露水的味道。你看,还没来得及和你商量……我收留了只猫咪,刚帮它洗好澡呢。喵呜,阿波罗,出来,看看,妈妈下班回来了。等暑假过了,娅娅去上学了,正好阿波罗可以陪陪我。"奶奶说。

果然如娅娅估计的,妈妈马上就没声音了,不说好,也不说不好。这个时候,如果爸爸在,她会使劲用眼睛看着爸爸,希望爸爸说句话。爸爸呢,大多数时候是顾左右而言他,比如如果在吃饭,他就说菜真好吃;如果在看电视,他就作特别投入状,还会端起茶杯大口喝茶;如果实在找不到其他话题,爸爸就会问娅娅:"今天是星期几呀?忙得都不知道时间了。"

可惜,今天这个时间,爸爸还没有回家。

"今天我做了很多你爱吃的小菜,还有菜馒头,娅娅帮我一起做的。"奶奶继续说,"娅娅,快过来,帮你妈妈把包拿进去。娅娅妈妈,你先去休息一会儿,上了一天班,很累的。"

妈妈看到奶奶叫娅娅过来,表情舒缓了一些,心里暖暖的,奶奶明显在调和家里的紧张气氛。那天的眼泪,说来就来,她根本没办法控制自己,她知道,自己内心的那份焦虑,本来不该由娅娅来承担的,但她又能怎么去宣泄和调整自己的情绪呢?

这样的时候,做小孩子的,必须有个姿态。娅娅马上从卧室跑了出来。因为阿波罗的到来,她的心情不错,她知道,要想让阿波罗留下,她得表现得好点。

"妈妈,你回来啦?"娅娅走过去,接过妈妈的包,朝妈妈笑了笑。

母女两个心照不宣,算是初步和解了。

晚饭时,爸爸也回来了,家里的气氛难得的融洽。奶奶做的宫保鸡丁,妈妈吃了好多。娅娅还是很给面子的,没再板着脸耍性子。她心里想的是,如果妈妈同意将阿波罗留下,那么作为交换,自己将就一下,就去妈妈说的那个培训班吧。

爸爸马上抓住这个机会,拼命表扬,今天的宫保鸡丁好吃,鳜鱼的火候刚刚好,鸡汤很鲜美,菜馒头的香气老远就闻到了。

"有只猫咪也不错,那些骨头和剩菜,都不浪费,可以给猫咪吃。"爸爸一边说,一边看妈妈,"家里也不会来老鼠了。"

妈妈没说话,舀了一勺宫保鸡丁。娅娅明白,这就是默许了。

娅娅觉得很幸福,妈妈除了给她报那么多的培训班之外,好像没什么其他缺点。

"爸爸,这只猫咪有名字的,叫阿波罗。"娅娅说,"我做作业时,阿波罗就在旁边陪着我,我发现自己的效率特别高。"

"只要别影响你学习,养只猫咪,我和你妈妈没意见的。"

爸爸说完,朝妈妈看。妈妈还是不说话,表情却很平和。

"趁大家都在,我要说几句。今天我和娅娅说过了,不管她有没有出息,我都喜欢她。你们也不用这么逼她,能进好学校自然好,可一家人开开心心的,也很重要。"奶奶说,"我们现在这样,一家人一起吃饭,一起说说笑笑,看看猫咪,我觉得挺开心的。"

"妈,她也是为娅娅好。好了,我们不逼娅娅。每天开心,这个最重要。"

爸爸用勺子舀了一勺宫保鸡丁放在奶奶碗里,转身看着娅娅,说:"娅娅,你也知道,滨外附中是很好的学校,我们希望你去试试,你把英语搞上去,说不定真有机会的,你妈妈不过是想为你创造点捷径,你懂吗?以后不可以那样和妈妈说话了。"

没想到,爸爸这几句话,居然又把妈妈说哭了。

"我懂,我懂。"娅娅拼命点头,转头看妈妈,"我就是想有点儿自己的时间弹琴和画画嘛。我以为暑假里自由时间会多点,所以,听说又要去培训班,就慌不择言了。奶奶已经说过我了。妈妈,那个培训班,我去就是了。不过,我们是不是可以说定,不能再加新的培训班了,否则,我应付不过来,也就没效果了。"

"我已经把那个培训班退了。"妈妈擦了一下眼睛,说道,"但,滨外附中,你不要放弃。那个面试,还有后面的笔试,你要做好准备。"

娅娅站起来,走到妈妈身边,抱住了妈妈:"妈妈,你真好!"

这句话,是发自肺腑的。

妈妈破涕为笑,也给了娅娅一个深情的拥抱。

华灯初上,餐桌前,一家四口,有说有笑的,奶奶的眼睛里,闪着开心的泪花。似乎就在这一刻,她觉得这个家,是她喜欢的家了。

第六章

虫的世界

真是"三个女人一台戏",一路上,妈妈、柳姨还有小雷阿姨,嘻嘻哈哈的,完全没有大人的样子。

逸宙倒是很喜欢这样的妈妈,这让她想起曾经和妈妈在床上疯笑的时光。逸宙想:什么叫闺蜜?大概就是像妈妈她们那样,从大学的一个宿舍走出来,每年都会想着法子聚会,一起做开心的事情,哪怕她们不在一个城市。

听大人说话挺有意思的。很小的时候,妈妈就说,大人说话的时候,小孩子不要乱插嘴,用耳朵比用嘴巴重要。

妈妈她们在大学学的都是社会学,可如今,柳姨当了记者,妈妈当了大学老师,而小雷阿姨,在做研究,研究的是儿童教育开发。同时,小雷阿姨还是个画家,不仅自己画画,还教小孩子画画。妈妈说,小雷阿姨呀,就是传说中的斜杠青年[①],对什么有兴趣,就能钻研什么并做出成绩来。

小雷阿姨对妈妈和柳姨说,一个孩子的潜能需要启迪和开发,如果时机错过了,上帝就会关闭那个阀门,从这个角度说,教育的任务,是在适当的时候,去打开孩子大脑里的开关。"所以呀,一个孩子首先需要被'发现'和'打开'。从这个角度看,人的天赋非常奇妙,所谓'老天爷赏饭',有天赋的人轻轻松松的就把事情做好了。"小雷阿姨说。

妈妈说:"努力也很重要。仅有天赋,不知努力,有什么用?相反,天赋一般的人,只要努力,也可以做成很多事情的。"

"后天的努力,我们把它比喻成'祖师爷赏饭',就是你说的,技艺是可以通过不断练习学来的。不过,我还是坚持,要在一个孩子十二岁前,为他们的未来做好准备。"小雷阿姨说。

逸宙听不太懂。她觉得稀奇,教语文的赵老师说过,成功需要99%的努力,但是,教数学的戚老师说,逸宙对数学的那种敏感,不是每个人都有的。那么,像她这样对数学敏感,应该算天赋

[①]斜杠青年,指不满足于单一身份,而选择拥有多重职业或身份的人。这些人在自我介绍时常用斜杠来区分身份,因此被称为"斜杠青年"。

吧？可如果不做题、不努力，难道真的可以轻易拿奖？她又觉得，小雷阿姨讲的这个有点儿道理，不得不承认，在学数学这件事情上，她确实可以做到事半功倍，不用花太多的力气。

"妈妈，我觉得小雷阿姨说得有点儿道理，我做数学题就是比背英语要快，大概就是'老天爷赏饭'。"逸宙忍不住插嘴说。

妈妈笑了，摸摸逸宙的头，对小雷阿姨说："自从生了逸宙，我也在思考这个问题。天赋大概真的存在，当然，开发很重要，如果不是三年级时，他们的数学老师发现了逸宙在数学方面的敏感，我们也不会知道，可能就错过了。"

小雷阿姨说："逸宙啊，你可别骄傲了，我们在讨论的是宏观问题。小慧，你说得对，确实有年龄界限，比如想象力开发的最佳年龄是 2—7 岁，对事物敏锐的描摹能力和感性的直觉，一旦过了 10 岁，就会明显减弱。人的身体里好像藏着很多开关，需要在最合适的时间开启才能发挥最大的效用……"

逸宙听不明白，不再说话。柳姨坐在一边，也不再说话，安静地看着窗外的风景。

也许是因为柳姨没小孩儿，对这个话题不感兴趣。逸宙心里这么想着，也将头转向窗外，一边欣赏风景，一边想起心事来。

还在家里时，逸宙从地图上找过这里。那个点，在地图上非常非常小,根本不起眼,她无法知晓妈妈她们最初是怎么发现这地方的,又有些什么牵挂让她们一次次来这里。

这里的海拔不低,大概快两千米了,属于亚热带气候。窗外闪过的植被变得宽阔茂盛起来。远处山的轮廓,一次次在逸宙的眼前闪过,蔚蓝的天空上,镶嵌着朵朵白云,衬在深绿色的山的后面,成为好看的背景,逸宙忍不住拿起手机,不断摁着快门,不用精心构图,拍下来就都是大片。

这一路,先是飞机,然后是火车和汽车,逸宙从来没这么真切地感受过中国的幅员辽阔。她之前的记忆中,似乎任何地方都是飞机可以到达的。逸宙第一次坐上那种像个铁壳的汽车,玻璃都关不上,一路嘎吱作响,亚热带的热风不断拍到逸宙的脸上。

逸宙有记忆以来,爸爸妈妈安排的一家三口的外出旅游基本都是乘动车或飞机。拖上那个米老鼠的拉杆箱,一身运动衣,再戴上一顶贝雷帽,逸宙常常被人家误认为是男孩子。只有那双仿佛洞察一切的大眼睛,水汪汪的,透出几分女孩子的清纯。妈妈说,她怀孕时,就一直想着自己的宝宝眼睛一定要大大的,果然如愿了。妈妈最可爱的地方就在这里,她对自己很自信,以至于亲戚有时候会笑她,说妈妈想什么就有什么。逸宙从小到大,也一直自信满满,应该是遗传了妈妈骨子里的特质。

后来,这个"想什么有什么",就变成了逸宙家独有的口头禅。爸爸有一段时间特别想要一辆汽车,就会和妈妈说:"你快想想啊。"妈妈会说:"汽车有什么好的?不想!"于是,老爸的汽车梦一直到今天还没有实现。

而有时候,妈妈会说:"如果家门口开一家超市就好了。"没想到,几个月后,家门口就真的开了家超市。

这次出门,起先看天气预报,一路都是雨天,妈妈说:"风雨后总会有晴天的吧。"果然,雨很快停了,天也放晴了,太阳把她们几个的心情也晒得特别晴朗。

妈妈永远都会将事情朝好的方面想,很多事情按照她的愿望也就真的变好了。

汽车还在盘山公路上行驶,一个转弯,满目皆绿,再一个转弯,旁边就是悬崖峭壁。云彩近在眼前,好像触手可及,那种棉絮状的云,仿佛可以拿来做成衣裳,缥缈中含着几分俏皮,格外洁白立体。这是城市的天空没法见到的景致。这里的孩子多幸福啊,每天都可以看到如此美丽的风景。逸宙沉浸在大自然的奇妙中,感受着和海边完全不一样的新鲜环境。

车上很安静。大概是一路说了太多的话,这会儿,大家都不说话了,似乎想留点精力给之后的日子。

逸宙拿出手机。汽车在大山里颠簸,信号时好时坏,没法玩联网游戏,逸宙就一个人单战,玩起了一款叫FIFA的足球游戏。

妈妈凑过来看她玩,问道:"马上要到了,累吗?"

"还好,不过还真蛮远的。"逸宙盯着手机屏幕回答。

"小宙,那里的条件不比家里,你要扛住哟。"妈妈说。

逸宙摁下暂停键,放下手机看着妈妈:"扛住?什么意思?"

"我担心你会不习惯,先帮你打打预防针。"

逸宙点点头,"扛住"这个词对于逸宙来说很熟悉。有时候去踢球,跑不动了,嘴巴干裂了,衣服湿透了,逸宙心里会有个念头:再坚持一会儿,哪怕三分钟,就可以超越和自己一样累的对手了。坚持,就是比别人多一点儿付出,这样的时刻如果扛过去了,会让她觉得特别爽,从球场的经验来看,她知道,扛住了,会有跨过极限的舒畅。

"下午是休息还是去学校?"小雷阿姨问,"如果你们不觉得累,收拾好了就抓紧去学校看看?"

"看把你急的,约好了明天正式开始,下午那里不一定有人。"柳姨说。

"这些孩子不是住校吗?"小雷阿姨说,"我想早点去看看,去

年没来,心里怪想念的。"

"听说今年从邻村来了几个孩子,应该蛮热闹的。"柳姨说完,把一包书提出来,"咱把这些书带上。"

终于要去学校了,逸宙有些兴奋地问:"我可以到操场踢球吗?"几只不知名的小虫在她的耳边嗡嗡飞着,逸宙用手不断驱赶。

妈妈拿出了一瓶驱蚊水递给她:"赶紧涂一点儿,这里呀,蚊蝇猖獗。"

"我也要,我也要。"小雷阿姨从门外走了进来,"简直就是虫的世界,痒死我了。我还是换长袖的衣服吧。"

确实,就像小雷阿姨说的那样,这里简直就是虫的世界。

逸宙学着妈妈的样子,将裸露在外的皮肤全部喷上了驱蚊水,才跟着妈妈一起走出了小旅馆。

初来乍到,逸宙还没有感觉到什么不方便,旅馆确实旧了点,还是双层床,但这样不是挺好玩儿的吗?

走出旅馆不远,就闻到了一股扑鼻的臭味,逸宙本能地捂住了鼻子,妈妈笑着指给她看,那里有一个猪圈。果然,路旁木栅栏里面正发出呼噜呼噜的响声,一只好脏的大猪旁围着几只粉粉的小猪。那几只小猪有点儿像 E.B.怀特笔下的那只金牌猪。如果不是味道刺鼻,逸宙真想和它们一起拍张照呢。逸宙的眼睛又瞥到了在前面散步的几只彩色羽毛的小鸡,还有几只飞过她头顶的蝴蝶,以及更多密密麻麻飞舞着的小虫。逸宙一路体验着,心中满是新鲜与好奇。没过多久,一所学校便**矗**立在眼前。

逸宙立在那里,看着一路走过来的泥土路,看看周围的建筑和景致,再看看学校,有点儿不相信自己的眼睛。

这所学校,挺气派的,和逸宙心里想的完全不一样。L形铺开的校舍足有四层楼高,和周围的建筑形成鲜明的对比。临近黄昏,西边的太阳落在教室的玻璃窗上,反射的点点光亮为学校的外墙披上了一层金黄色,煞是好看。

逸宙拿出相机,在校门外拍了一张学校的全景,才小跑几步进了校门。校门口立着一块黑板,黑板上对称地画了一些抽象的图形,围绕着图形的,是一圈好看的花朵,黑板的正中,用粉笔勾画出一行空心字:

热烈欢迎,亲爱

"亲爱"后面应该还有字,估计是还没来得及写完吧。逸宙猜想,人家应该是打算明天一早欢迎我们的吧?

"小雷,你来看看怎么样,是不是有进步?"柳姨说。

"西西画的?"小雷阿姨走到黑板前,"这小姑娘有天分,估计没少去大山里写生,嗯,很不错。她人呢?"

妈妈和柳姨说:"估计回家了,明天应该能见到。"

西西!难怪有一种似曾相识的感觉。逸宙明白,眼前黑板上的杰作,与家中抽屉里的明信片,出自同一个人之手,看来有希望见到西西了。

逸宙跟着妈妈她们朝教学楼走去。哇,这里的每一间教室都很宽敞。她们走到一间教室门口,小雷阿姨兴奋起来:"真有画架呀!"

逸宙对着空白的画架拍了张照,回头看看妈妈,说:"这里很不错呀,和我想的不一样呢!"

"我们刚来时,这里可不是这样的。这几年,有些改善了。去年,政府精准扶贫帮孩子们改善学习环境,才有了这栋教学楼。其实呀,这山里不缺树木和石头,盖房子不难,但要有这个意识却不容易。"妈妈说。

"这些画架呢,去年就有了,是一个好心的企业家送来的。"柳姨说,"但有画架没老师,还是白搭,他们这里缺专业老师呀。"

"西西不是在教他们学画吗?"小雷阿姨问。

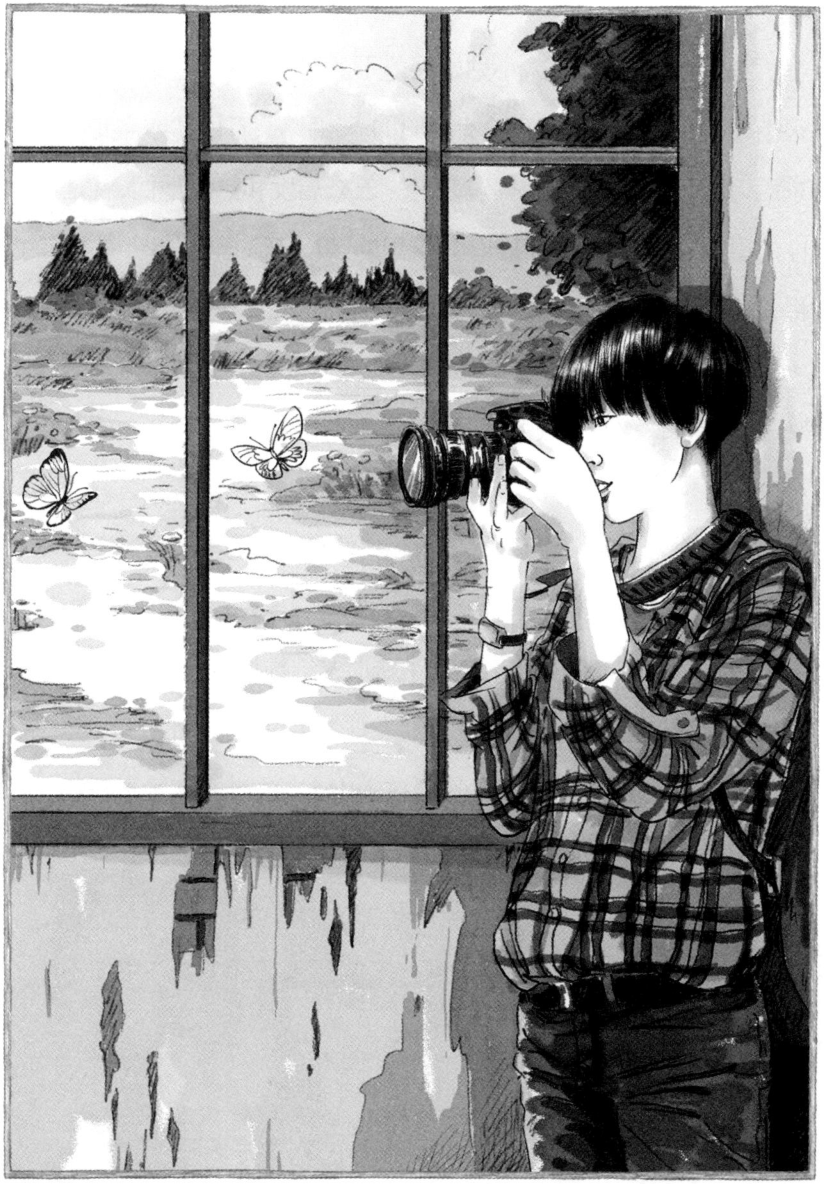

"是呀,得你的真传,小姑娘很能干。但是,还是需要你亲自来指导啊,你是专家,有理论有经验的。"妈妈笑着说,"你需要的东西,我可是和柳叶一起搬过来啦。怎么启发和点燃他们,就是你的事情了。怎么样,你来看看,这里的环境还满意吗?今年的课程,我和你是主力,柳叶负责活动,小宙和西西帮我们打下手。"

说话间,一群孩子叽叽喳喳地跑了过来,手上拿着一些彩带,嘴里喊着"欢迎,欢迎"。妈妈和柳姨蹲下身,抱住了其中的几个。

逸宙看着妈妈,发现她的表情和刚才交代任务的时候完全不一样,像是回到了孩提时代,脸上的笑容无比灿烂。

"来来,认识一下。今年我带了新朋友给你们认识。这个呢,是我的女儿逸宙……你们也有新朋友哇。你好,你叫什么呀?"

那个被问到的小女孩,是这群孩子中个子最小的。她不好意思地低下头,好像要躲开逸宙妈妈的询问。

"她叫小艾,快 10 岁了。"旁边一个孩子抢先说。

"小艾,小艾,小艾……"大家一齐叫起来。那个女孩更加不好意思了,脸唰地红了。

"走,进教室喽!"孩子们一齐拥进了教室。

逸宙跟在小艾后面,悄悄对她说:"小艾,你好。"

女孩抬起头,朝逸宙看看,给了逸宙一个羞涩的笑容,从牙缝里挤出两个字:"你好。"

没多一会儿,所有的孩子都出现在教室里。妈妈和柳姨给大家发了课程表,又拿出 T 恤衫让大家换上,天蓝色 T 恤的正面印着一个图形和一串字母。逸宙拿了其中的一件,走到小艾旁边:"我来帮你穿,好吗?"

"谢谢,我自己来。"小艾接过衣服就往头上套。等她穿好,逸宙差点儿笑出声来:"妈妈,有小号的吗?这衣服快成裙子了。"

小艾低头看看,笑了起来:"裙子好,我喜欢裙子。"

逸宙退后一点儿,对小艾说:"来,我帮你拍张照片吧。"

"我也要,我也要!"没等逸宙摁下快门,一大片蓝色向她挤过来,"姐姐,我也要拍!"

小雷阿姨跑到孩子们当中,拍着手说:"来,大家到我这里来,明天开始,我给你们上图画课,好不好?"

"好!"大家齐声答道。

"那么,你们每两人一组,选一个画架。现在找好自己的搭档,好不好?"

"好!"这次的声音更响,把逸宙吓了一跳。

逸宙发现,这里的孩子对什么都好奇。她悄悄走到教室的角

落,看着大家互相找着自己的搭档,很快就变成一组一组的了。

小艾还是一个人。逸宙忍不住数了一下,十五个人,难怪,本来就是单数。

"来,来,逸宙,你和小艾一组吧。"小雷阿姨发出邀请,逸宙点点头,朝小艾走去,心中充满了想和她做好朋友的渴望。

"非常好。大家记住了,从明天开始,上图画课就按照现在这样分组。"小雷阿姨站上了讲台,"哇,看着你们,让我想起了很多年前的自己。那时候我和你们一样年轻,像个蓝色的小精灵,天空一般纯净,浪花一样轻盈。哈哈。"

小艾低头看看自己身上的衣服,笑着轻声对逸宙说:"蓝色小精灵,这个好,我喜欢。西西姐姐对我说过,蓝色是她心中最美好的颜色。"

"西西?你认识西西?"逸宙问道。

"姐姐也认识西西姐姐?"小艾忽然就热情起来,"太好了。"

"我和她神交已久……"逸宙开心地说。

逸宙抬头看看小雷阿姨,她的脸上有一层光晕,夕阳下显得特别好看。逸宙再转身看看身边的这些"蓝色小精灵",她觉得小雷阿姨的比喻很贴切。

在大山的围绕下,偌大的教室里,那么多双渴望的眼睛,让她庆幸自己来了,看到了这么恬静的一幕,真的好美。

她赶紧拿出手机,点开朋友圈,写下了一行字:

　　天空般纯净,浪花一样轻盈;不一样的天空,一样的少年。

第七章

抖音里的欢笑

练了半小时琴,娅娅和程程都有些累了,决定休息一会儿。程程掏出手机摆弄起来,她让娅娅继续弹奏那首好听的《回忆》,自己对着阿波罗一阵狂照,她要拍阿波罗随着音乐摇摆的样子。

"太逗了!我要把我们逗它的样子一起拍进去。"

她将摄像头转到自拍模式,将手机一会儿放高,一会儿移低。

"你家里有自拍杆吗?"程程问,"这个角度拍不好。"

"有呀!你不早说,我去找。"娅娅起劲了,翻出自拍杆交给程程,"对了,没必要用自拍杆,可以叫奶奶来帮我们拍!"

"老人家的手会抖吧?"程程摇头。

"我奶奶手抖?不会啊,你没看过她切菜吧?动作飞快而且稳健。"娅娅说。

说完,她打开书房的门,大声呼叫着奶奶:"奶奶,您来一下。"

奶奶正在厨房忙碌,听到娅娅叫她,放下手上的活儿,戴着围裙走到书房门口:"怎么了?马上就有好吃的了,别着急。"

"奶奶,您能帮我们拍个小视频吗?"娅娅说,"很快的。"

"食品?"奶奶显然没听懂。

"不是食品,是视频。奶奶,就按这个按钮,对,您的手不能抖,对着阿波罗拍。我和程程负责音乐,您负责拍,好吗?"

"奶奶,我把自拍杆装好了,您只要这么举着就可以了。"程程还是不放心。

"我去把老花镜戴上。手不能抖?我试试。"

自从阿波罗来到娅娅家,暑假的日子变得有趣起来,娅娅每次去培训,也不觉得辛苦了,晚上练琴时,阿波罗会依偎在她身边,安静地听她弹琴。程程隔三岔五会过来玩一会儿,两个女孩迅速成了闺蜜。奶奶也喜欢阿波罗,做了好吃的,会多分出一份给阿波罗,娅娅说,再这样下去,阿波罗会被奶奶喂成一只大肥猫的。两个女孩就决定让阿波罗学会跟着音乐起舞。

奶奶戴上老花镜,一切准备就绪。"开始!"娅娅弹起了钢琴,程程拉小提琴,而她们的身边,一只神奇的猫正在摇头晃脑。还真是有趣,阿波罗非常投入,仿佛是个音乐家,它扭动起曼妙的身段,陶醉在爵士乐中。哈哈,那腔调,那跟着甩动的尾巴,那神气十足的姿势,超级有范儿,活像一个绅士,自带一种旋转的花样。奶奶一边录视频,一边忍不住哈哈笑。

"像拍大片一样,阿波罗真是一只音乐猫。"

娅娅和程程互看一眼,音乐瞬间变成了《蓝色多瑙河》。没想到,阿波罗的扭动也跟着舒缓起来。

"真是只爱学习的猫,不错,不错。哈哈……"奶奶终于没忍住,笑出了声,"不行,我忍不住了。要不要重新拍?"

"不用了,我们可以剪辑的。"程程说。

奶奶拍得不错,镜头里的阿波罗,双眼迷离,身子在有节奏地摇晃,一副享受音乐的样子,实在是太逗了。

两个女孩看着,忍不住去抱一下阿波罗:"阿波罗,你太可爱了,爱死你啦!"

然后,程程继续在手机上忙碌了一会儿,对娅娅说:"好了,我发上去了,太逗了。娅娅,我把链接发给你,你点进去看看哟。"

"你发在哪里?抖音上吗?"话音未落,一条信息在屏幕上方跳了出来,娅娅顺势点开,一看,也笑了起来。

屏幕上,阿波罗跟着音乐不断扭动着身子,很享受的样子,

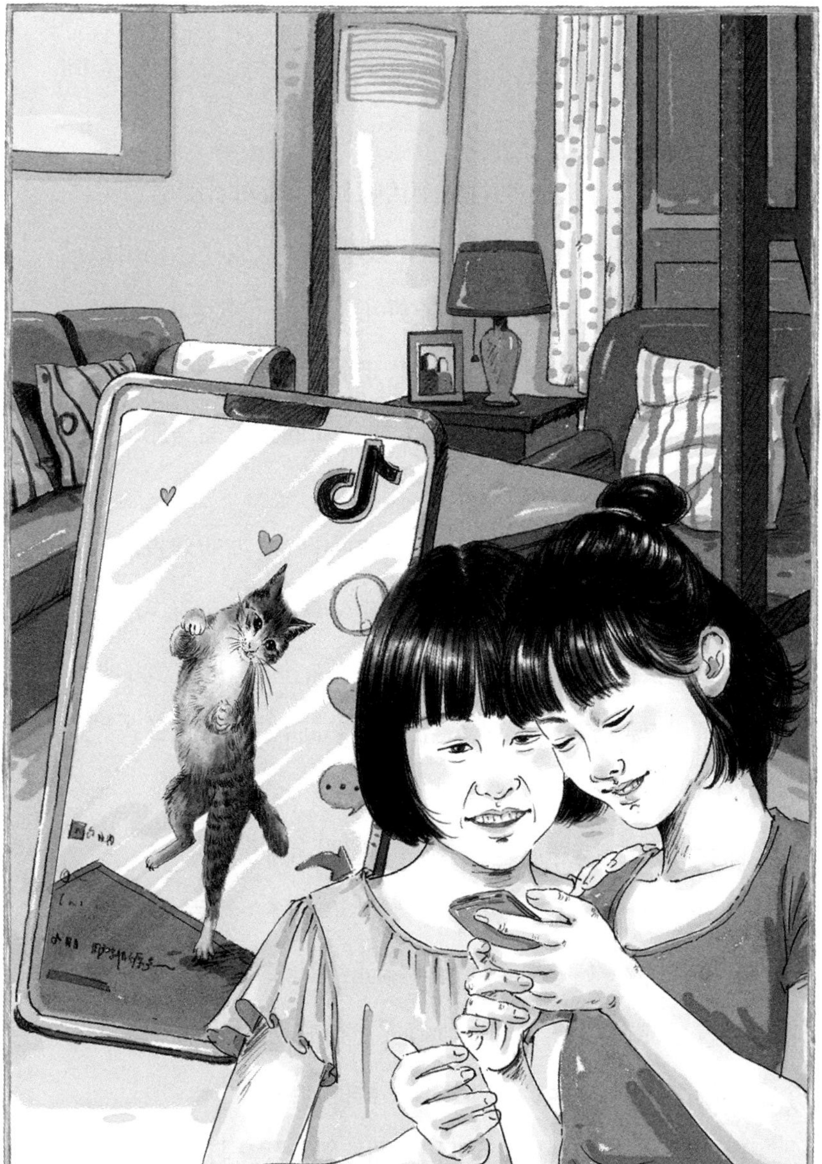

节奏感超强。那两只颜色不一样的眼睛骨碌碌转着。"这个好,阿波罗就要出名了。"娅娅一边笑,一边说。

"奶奶,您来看,您拍的视频上传啦!"娅娅对着厨房大叫。

奶奶端着盘子走了进来:"赤豆银耳羹,我放在冰箱里镇过了,你们休息一会儿,吃一点儿,吃好了陪我去干点活儿。"

"遵命!"娅娅和程程放下手机,走到餐桌旁。

"阿波罗最喜欢音乐剧《猫》,大概它知道这乐曲写的就是它们的故事。我下次带光盘过来。"程程说。

"阿波罗的品位不错,"娅娅说,"我告诉你,阿波罗真的与众不同,它的爱好有点儿偏艺术,它喜欢琴凳、颜料,还有我的画。有一次妈妈去储藏室拿东西,阿波罗趁机钻进去,躲在我的画框中不动了,我妈妈怎么赶它,它都不出来,后来还是我爸爸把它抱出来的。"

程程拼命点头:"阿波罗的命好,碰到奶奶了。"

"那是,我奶奶可不只对猫好,她对谁都好。程程,你怎么会想到玩抖音的?"娅娅听到程程一本正经地表扬奶奶,倒觉得有些不好意思,就换了个话题。她确实觉得好奇,程程看上去就是个文静的"宅女",怎么会喜欢这样新鲜的玩意呢。

"我整天在家,只能靠手机和外面接触。"程程有点儿委屈地说,"我妈妈很过分,什么地方都不带我去,我只能把时间都用在研究手机的功能上了,我告诉你,我还做了个公众号呢。"

两个女孩正说着话,阿波罗舔着嘴巴凑了过来,程程捋一下它的毛,轻轻将它抱了起来:"阿波罗,你开心吗?你要对奶奶好点。等下次来,我再帮你拍一组特写,写写你的新故事哟。"

"你还有公众号?厉害呀!"

"这有什么稀奇的,这个公众号是逸宙提议的,她才厉害呢。我给你看,她这几天在外面逍遥自在,她说会多拍一些照片回来让我饱饱眼福。"程程说。

"逸宙?"娅娅笑了,"名字好熟。和你一个班的?"

"对,头发超短,学霸,我们校女足队队长,酷吧?也住在我们这幢楼里,七楼。你肯定见过。如果说你比我幸福一点,那么,逸宙应该比我们两个更幸福一点。"

程程把手机递到娅娅眼前:"感受一下那种云彩,像不像油画?唉,一样要小升初,和她相比,我的日子简直是一塌糊涂啊……咦,逸宙换头像了。"

娅娅接过手机,看到了一条九宫格的朋友圈消息,她把图片一张张点开看。

"这个好像是油画棒呀,还是马利牌的。"娅娅眼尖,看到照

83

片里她很熟悉的油画棒散落在一边。

"对呀,这个头像,画的好像是逸宙自己,难道是自画像?"程程说,"待会儿我问问她。"

"我怎么觉得她写反了,应该是'一样的天空,不一样的少年'呢?"娅娅问,"她去的是什么地方,去干什么呀?"

"彩云之南。"程程说,"她说是跟着她妈妈去那里的山村当志愿者,还要分享她的科学课呢。不过,其实她是去探秘的。"

"探秘?"娅娅问,"听上去很有意思啊。"

"她以前告诉我,她妈妈每年暑假都会消失一段时间,什么也不说就不见了,所以她一定要搞清楚是怎么回事。今年她妈妈居然答应带她一起去,她高兴坏了。"程程的语气中,多少有些炫耀的成分。

"叮咚",手机忽然在娅娅手上振了一下。

逸宙:你手机里有滨海沙滩的图片吗?发我一些,快哟。

"是不是就是你说的那个逸宙?"娅娅将手机还给程程,"你快回复她吧。"

程程:我电脑里有,待会儿回家就发你。你要沙滩的照片干什么?

逸宙:这里有个小女孩说喜欢大海,我想让她先看看照片。你不在家?奇了怪了……

程程:我在朋友家,还记得阿波罗吗?去看我的抖音,很好玩儿的,记得帮我转发哟。

逸宙:这里信号不好,视频打不开,你记得回家就发我。不说了,他们叫我了……

"你这个朋友蛮有意思的。"娅娅说。

"等她回来我介绍你们认识呀。"程程点点头,"可以做哥们儿,哦,不,姐们儿。"

就在这时,奶奶的声音传来了:"两个小丫头,忙好了吗?"

娅娅刚要回答,就听到一段好听的音乐声忽然响起。

程程赶紧把手指放在嘴唇上做了一个"嘘"的手势,然后接起了电话:"妈妈,我、我在做作业呀。哦,吃过了,嗯,我知道了。好的,好的。妈妈再见。"

"你妈妈查岗?"等程程挂了电话,娅娅问。

程程点点头:"我该回家了,明天再来玩。如果被妈妈发现我在你家就麻烦了。"

"你为什么不告诉她,你天天和阿波罗在一起,不过敏?"

"没用的。我妈妈听不进去的,娅娅,我告诉你,你没看到我妈妈那种从头管到脚的架势,唉,我真快要喘不过气来了。"

"没那么严重吧?不过,我倒有个好办法。"娅娅坏笑起来,"奶奶叫我们呢,我们边走边说。"

"什么办法?"程程跟着娅娅走到了厨房。

奶奶装好了两个大饭盒,正等着娅娅。

"奶奶,今天要送给谁呀?"对于奶奶的"送餐行动",娅娅早就习以为常了。问完,不等奶奶回答,娅娅转身对程程说:"简单,等你妈在时发个微信给我,我让奶奶去救你。"

"楼上的老孙头。"奶奶显然没听清娅娅的话,纠正说,"不是救他,是他馋了,一个人住,没人讲话,还不会弄吃的。"

"让奶奶救我?"程程显然也没听懂。

"对呀,你看,这个就是法宝。"娅娅指指饭盒,"送小菜给你妈,然后,我奶奶肯定有办法说服她。"说完这句,她转身对奶奶说:"好的,奶奶,我们一起走,程程要回家去了。"

然后,娅娅一边穿鞋,一边继续和程程说:"我发现,我奶奶有个大本事。她每天去买买菜、散散步,这个小区里的人,居然全认识了。然后呀,她就帮这家带个菜,帮那家取个快件,去楼上孙爷爷家送吃的,还要帮楼里的小孩儿介绍家教老师……"娅娅说这话时,有些笑话奶奶的意思,但她又真心佩服奶奶,奶奶看到什么人都自来熟,一直笑嘻嘻的,很多难事就迎刃而解了。

"重点是……"程程还是有点儿怀疑。

"重点是,她有办法说服你妈,让你可以走出家门,或者养个小动物、有个好朋友。总之,让你可以做点你喜欢的事情。"

"不可能,我老妈根本不会放你奶奶进我们家门的。"程程说,"你不了解她。"

"不信?我们可以试试呀,反正没坏处。"娅娅说,"我等你的微信哟,然后就看我奶奶的了。"

第八章

成长加油站

时间像飞一样,转眼,逸宙在大山里已经过了一个星期了。

这一个星期,对于逸宙来说,非常新鲜,非常开心,也非常累——是那种身体上的疲惫。因为每天睁开眼睛就开始忙,辅导孩子们学习,和他们一起游戏,去大山里写生,还要砍柴、做饭、做手工……到了晚上,逸宙回到旅馆,没精力说话,没精力纠结要不要洗澡、换衣服,倒在床上马上进入梦乡,睡得特别香。四周都是虫鸣鸟叫的声音,大自然触手可及。

几乎每天,她都要利用微信记录下最有趣的画面和感想,那些写意的云彩、飞舞的虫子和色彩斑斓的蝴蝶、小艾为她画的像——后来她索性将那张画像做成自己的微信头像,还有这里孩子们上课时的专注、游戏时的畅快……她发现,每一张照片里,都被一种叫作自然的东西充溢着。那种自然的力量,还有每个人脸上的淳朴与单纯,难怪妈妈会说"放不下",这里的一切真的会留在记忆深处。

和大家混熟了,逸宙发现做个小老师非常有成就感。这些孩子的家都在山上,每天要走很多路来学校。不是农忙时,有的就干脆住在学校的宿舍里了。妈妈她们每天都要等大家回到宿舍才放心地离开,西西也来帮忙,逸宙见到她,心里暗喜,但她表面上不动声色,悄悄找机会靠近西西。

看身材,逸宙以为西西和自己一般大,后来才知道,西西马上要参加中考了,她比逸宙整整大了三岁!难怪她的脸上有一种遇事不急不躁的笃定,逸宙想。西西是这里的孩子王,所有的孩子都喜欢她,也服她管,要她解决的问题从吃喝拉撒到玩闹哭笑。逸宙看到西西忙碌,不忍打扰,就在旁边观察、帮忙,在心里慢慢靠近西西。当然,逸宙也很受欢迎,她现在是孩子们嘴里的红衣姐姐呢。

到这里以后,妈妈、柳姨和小雷阿姨她们,和孩子们一样,都穿上了天蓝色的T恤。只有逸宙,一直穿着阿森纳的球服。在那片蓝色中,一点红色飘来飘去,特别显眼,大家熟了后,孩子们就亲切地叫她红衣姐姐。

红衣姐姐走到哪里,哪里就会有热情的孩子和她打招呼。而小艾,几乎成了逸宙的跟屁虫。别看小艾人小小的,很害羞的样子,一旦熟悉起来,却热情过头,让逸宙着实过了一把姐姐瘾。小艾会将编好的果子项链送给逸宙,知道逸宙喜欢花,她又自告奋勇带路去山里采栀子花和棠梨花,还会每天采新鲜的野花送给逸宙。这些可爱的举动,让逸宙内心升腾起一种怜爱和骄傲,想要对这个妹妹更好一点儿。

这天早上,逸宙看到柳姨的行李箱大开着。柳姨好像在找什么东西,嘴里还念念叨叨:"怎么会没有呢?我记得带了呀。"

"柳姨,你在找什么呀?"逸宙问。

"蜡烛。我记得我放了数字蜡烛在箱子里的,可是怎么也翻不到。"

"今天的游戏吗?"对于柳姨每天的游戏,逸宙和孩子们始终充满期待。每天上午是逸宙妈妈上课,下午是小雷阿姨"上阵",而当中,柳姨会叫大家休息,活动一下身体,做个有趣的游戏,或者到操场上来一场小型的比赛。

"今天是小艾的生日,十周岁,大生日。小雷去买蛋糕了,我记得我带了蜡烛的……"

"是吗？我也要为小艾准备一份礼物。"逸宙打开旅行包,里面除了几件衣服,属于女孩子的玩意很少,小艾有一头长长的秀发,如果送她个发饰,她一定会很开心的。可是,逸宙没有收集发饰的习惯,如果程程在就好了,她有一抽屉的发饰……逸宙忽然从旅行包里翻到一条贝壳项链,高兴坏了。她记不起来这项链怎么会留在旅行包里的,估计是哪次外出游玩时买的纪念品,正好可以作为礼物。小艾一定会喜欢的。

　　逸宙将项链戴在了自己的脖子上,夏天,身上没口袋,这样戴着项链不会丢。她照了下镜子,球服配着项链,怎么看怎么不顺眼。她顺手拿起妈妈留在床上的那件蓝T恤,换了上去。

　　照镜子的时候,逸宙注意到了胸口的那一行字母,这些字母绕成了一个环形,中间是一颗刚发芽的种子。她试着读了读,恍然大悟,原来那是一行拼音:cheng zhang jia you zhan——成长加油站。

　　是呀,她们来这里,就是来给孩子们加油的。

　　妈妈曾经说过,每年来这里不过几个星期,做不了很多事,但至少可以给这里的孩子加加油,打开一扇窗,开开眼界。所以,每个来这里的志愿者,都会倾力而为,沉浸进去,恨不得把自己知道的都教给他们。因为"油"加满了,"车"才可以开到更远的地

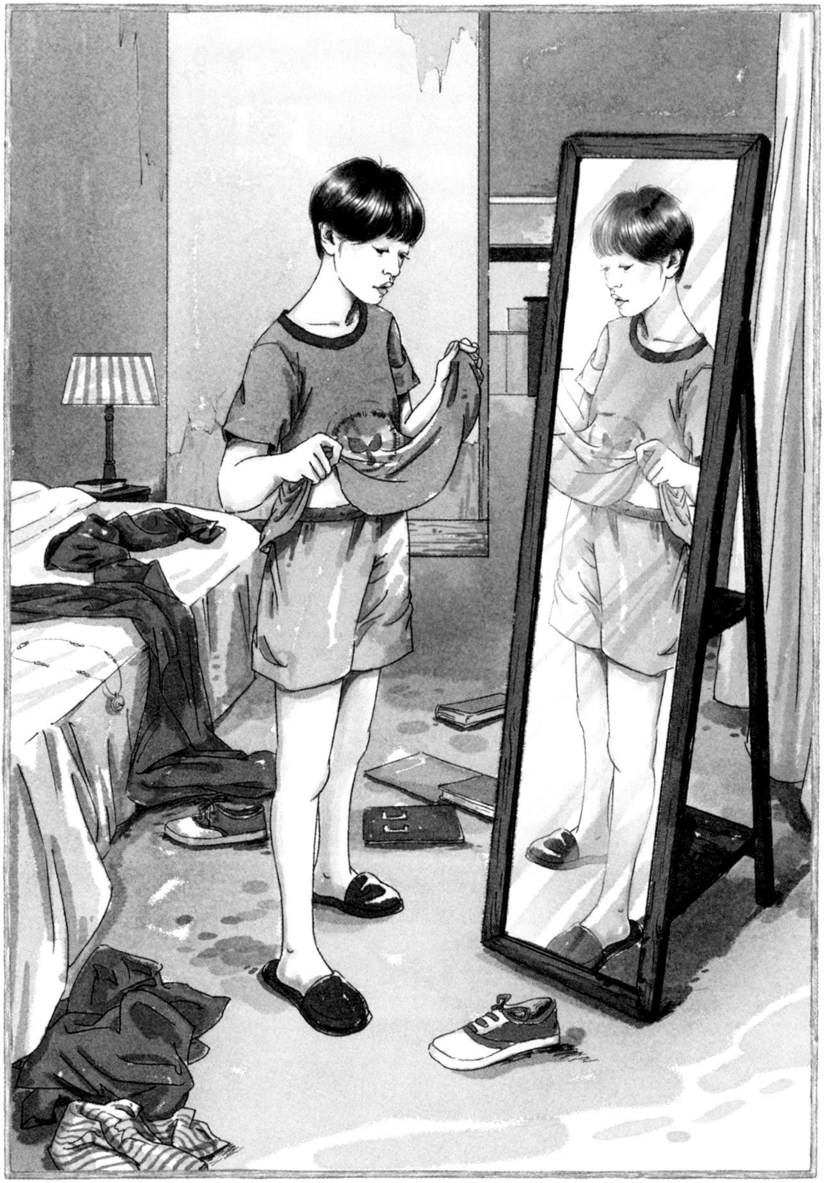

方。逸宙觉得"成长加油站"这个说法蛮形象和贴切的。

整个上午,逸宙的心情大好。原来和大家穿得一样,会有一种融入的舒适感。她听见小艾叫"红衣姐姐",扭过头去,发现小艾正盯着贝壳项链看,目光在那里停留了好几秒钟。逸宙用手指着项链问:"好看吗?"

"好看。"

"喜欢吗?"逸宙继续问。

小艾的眼睛扑闪扑闪的,不说话了。

逸宙差点儿就把中午的秘密泄露了。但她忍住了,她们要给小艾一个惊喜,现在还不能说。

为了配合小艾的生日,妈妈今天讲的是"生命之河",幻灯片里播放的是马来西亚的京那巴当岸河两岸的动物们。

倒挂在树上的豚尾猴、从河里刚刚抓到一只小虾的黑腹蛇鹈,还有趴在河边树叶上的树蛙、正在嬉戏的婆罗洲侏儒象……

大家都被吸引了。妈妈一边讲着这些动物的习性,一边问大家:"你们发现了吗?动物们在生活中最需要什么?"

"吃的。"有同学说。

"水和空气。"又有同学说。

"对,大家都看到了,动物们需要河流。它们在河边找食物

吃,找水喝,河流提供给它们生存所需,它们就在河边栖息下来了。"妈妈说,"京那巴当岸河两岸,就是这些动物的栖息地。下面,我们来看看以大山为栖息地的……"

"我妈妈不喜欢大山,但我喜欢。"小艾轻轻对逸宙说。

逸宙的心里一惊。妈妈讲的是科学启蒙的课程,却让小艾想到了自己的妈妈。逸宙用食指做了个"嘘"的手势,示意小艾认真听课。

"首先,大山里也有动物生存需要的阳光、食物和水。"妈妈好像听到了小艾的声音,"下面我们来看看蝴蝶的需求。"

画面上出现了美丽的蝴蝶,孩子们高兴地叫了起来。这些蝴蝶,是他们熟悉的,整天就在他们的眼皮底下飞舞。妈妈继续说下去:"蝴蝶需要被阳光晒得暖暖的,翅膀才能舞动起来。它们最怕大风了,也不喜欢太冷或者太湿的地方,所以,它们喜欢飞到花丛中,在枝叶下躲避风雨。花朵里的蜜汁就是它们的食物。所以花丛是蝴蝶的庇护所。"

"你们就像蝴蝶一样,在大山里汲取大自然的养料,慢慢长大。"妈妈讲完了,大家还沉浸在美好的图片带来的震撼里。

小雷阿姨出现了,她的脸上挂着笑容,对大家说:"今天,是你们当中一位小朋友的生日,你们猜一猜,是谁?"

"不是我。我上个月刚过了生日,我妈妈寄来一大包好吃的。"前排一个圆头圆脑的男孩说。

"也不是我。我的生日还有两个月呢。"一个黑瘦的男孩说。

"你们都知道自己的生日吗?"柳姨问,"你们怎么过生日呢?"

"我奶奶会做面条给我吃。"

"我有荷包蛋吃。"

"爸爸会给我寄玩具,都是我从没见过的高级玩具。"

"排骨面,我可以吃到一大碗排骨面……"

"小艾,你怎么过生日呀?"柳姨走到小艾面前,问她。

"我会看看天上,想妈妈。"小艾说,"想象妈妈回来抱着我一起唱歌。"

柳姨轻轻将小艾揽进怀里:"乖孩子。"

逸宙来了这里才知道,自己与这里的同龄人最大的区别,不是居住在城市还是山区,而是对父母的期待不同。这些孩子的爸爸妈妈大多走出大山去城市里打工了,就像小艾,她只有两岁时,妈妈就去外面打工了,开始好几年才回来一次,后来就没有再回来过。所以,思念父母,是大山里孩子的共同点。

中午有好吃的排骨面,西西特意拣了块大排骨给小艾:"小艾啊,多吃点,你妈妈不在,我们给你过生日。"

小艾脸上的表情非常复杂,有惊讶,有高兴,还有一些难过。

"小艾,快吃吧。吃完了,我们这么多人,一起给你开个生日派对。"

"生日派对"这个提法,山里的孩子并不熟悉,但他们喜欢热闹,喜欢大家聚在一起。

柳姨她们已经将派对教室布置好了,气球、彩带挂了一屋,黑板上还画着粉笔画,虽然简单,没有城市里大饭店的气派,但很温馨。加上这里新鲜的空气、窗外满目的葱绿、孩子们脸上发自肺腑的笑容,更显出一种纯粹和美好。这种感觉荡漾在教室的每个角落,仿佛山上的雏菊,虽不起眼,却缤纷烂漫。

柳姨带来一个好看的饼干盒,逸宙认识,那种饼干又松又脆,特别好吃:"我们来做个游戏,这里有五张纸条,上面编了号码,是我们今天派对的五个小游戏,也是五个任务,我们派五个人上来抽纸条,谁愿意上来?"

"我来,我来!"大家非常踊跃。

柳姨真是厉害,她知道孩子们心里想些什么,每次活动,都会设计一些互动的环节。在这个星期里,大家编过果子手链,做过许愿星,玩过真心话大冒险……其实,柳姨的本领才不止这些呢,逸宙听说,这所学校的建设也和柳姨有很大关系。这里的人,看到她,眼睛里都会闪烁着温柔的光。

逸宙也跑上去抽了一个,展开一看,纸条上写着:4.吹蜡烛的时候,问问小艾,她的心愿是什么,试着帮帮她。

"好,1号是谁?"

"我。"妈妈笑眯眯地读出纸条上的字,"今天是小艾的生日,由你领唱,送她一首歌。"

"让我想想,等吃蛋糕时再唱生日歌。现在,我们来唱那首《最好的未来》。小艾,你十岁了,老师告诉你,你只要好好学习,加油学本领,你的未来会很美好的。"

逸宙用手机播放音乐为大家伴奏。教室里响起了参差不齐的歌声:

我们用爱,筑造完美现在,千万溪流汇聚成大海……每个孩子,都应该被宠爱,他们是我们的未来,这是最好的未来。

声音慢慢整齐了,声音中有期待、有梦想,就像歌里写的:

每个梦想,都值得灌溉

眼泪变成雨水就能落下来

每个孩子,都应该被宠爱

他们是我们的未来

同一天空底下相关怀

这就是最好的未来

歌声中,西西站了起来,手里拿着一幅画,走到小艾跟前。

画面上,有一个穿着粉色裙子的女孩,张开翅膀,像蝴蝶一样飞,女孩的手上,握着一株正在吐露芬芳的小花……

"小艾,祝愿你快快长大,去迎接更好的未来。"

那个构图,逸宙觉得似曾相识。那种白色的勾线……对了,明信片!那么,这应该是西西喜欢的一种花吧?

"好,哪位同学抽到了2号纸条呢?"柳姨问。

"我。"一个男孩扬着纸条,"2. 如果要为小艾编个花环,你会选择什么样的花呢?"

"你们知道小艾喜欢什么花吗?"说完,柳姨对小艾说,"小艾,你不要说,看他们是不是了解你哟。"

"紫色的桔梗花和白色的栀子花。"这个不难。小艾几乎每天都会采一些花来布置教室,大家自然看在眼里。

没多久,男孩和小雷阿姨一起编出了一个紫白相间的美丽花环。

小雷阿姨又拿出一幅画来,送给小艾。画面上有一个山坡,满山繁花点点,一个女孩坐在那里,仰望着星空。画中的女孩和小艾很像,小雷阿姨看着小艾,一字一句地说:"小艾,登高才能望远。记住,你在人生的山坡上登得更高,才能看到更远的风景。真心希望你保持这颗纯洁的心,对朋友温柔、热情,做事执着、坚忍。这是我专门画给你的。祝你生日快乐!"

同学们鼓起掌来。这些天,他们跟着小雷阿姨,学会了美术构图,也学会了欣赏图画。他们看懂了小雷阿姨在画中寄予的希望。

小艾的脸上,有惊讶有欢喜,还有泪花。

有歌声有鲜花,接下来当然要吃蛋糕了。

蛋糕放到了讲桌上,所有人都围着小艾,小艾的头上戴着花环。柳姨最终也没找到数字蜡烛,但逸宙看到,蛋糕上别出心裁地插着用卡纸剪出的数字1和0,还插上了照明用的普通红蜡烛。

生日快乐歌唱起来了,逸宙从脖子上将那串贝壳项链解下,戴到了小艾的脖子上:"小艾,这个是海边的特产,送给你,戴着它,你就会想起我们一起过的这个生日。来,我们拍张照片吧。"

"小艾,你闭上眼睛,许个愿吧。"西西说。

此刻,小艾被巨大的喜悦包裹着,看着眼前的一切,不知道是梦境还是现实。她用手抚摸了一下脖子上的项链,从黑板上那些美好的画前走过,然后闭上眼睛冲着窗外许愿。逸宙看到,小艾在悄悄用手擦眼泪。

于是她走到小艾身边。窗外,有一片很大的树丛,一些低矮的树木周围,一群色彩斑斓的蝴蝶飞舞着。远处,锦鸡悠闲地散着步。阳光下,一切都是那么美丽,深吸一口气,就可以闻到大自然的味道。逸宙不由得拍拍小艾的肩膀,说:"快,去吹蜡烛吧。"

大家再一次唱起了生日快乐歌。小艾走回到人群中。

"对了,柳姨,我的纸条任务还没完成呢。"逸宙拿出纸条向小艾扬了扬,继续说道,"小艾,你刚才许了什么愿望啊?我抽到的纸条上写着:4.吹蜡烛的时候,问问小艾,她的心愿是什么,试着帮帮她。"

"真的吗?红衣姐姐,我很想去看大海。"小艾低头看看那串项链,"海滩上是不是会有很多贝壳?我想做很多项链送给我的小伙伴们。"

"小艾……"西西走到小艾面前,"这个,我们不能麻烦别人的。等我工作了,就带你去看海,我保证。"

逸宙没想到小艾提这样的愿望,更没想到西西会当面阻止。

"可是,我好想马上去看看大海的样子,去那里就可以见到我妈妈了。"小艾忽然说。

"你妈妈在滨海市吗?"逸宙问。

"我也不知道。那是我梦见的。"小艾说,"梦里我妈妈说,她在海边等我……"

"好的,我们去海边,我们去。"西西的眼睛里有了泪花。

"小艾,我告诉你,到滨海市就可以看到海,等我们回去的时候,你跟我们一起走吧。我带你去看海,去沙滩上捡贝壳……"逸宙还没把话说完,就听到耳边响起很多声音——

"我想去!"

"我也想去!"

"红衣姐姐,带上我!"

逸宙没料到,去看海并不是小艾一个人的心愿。她不知道该怎么说下去了。她求救似的看着妈妈和柳姨,心里想着,这可怎么办。

妈妈做了个让大家安静的手势,然后说:"先吃蛋糕,小艾的生日蛋糕你们还没有品尝呢。这样吧,我们先请红衣姐姐做些准备,过几天给你们先讲讲滨海市,讲讲关于大海的故事,好不好?其他的,我们从长计议。小宙,你这几天好好准备哟。"

大家鼓起掌来。逸宙点着头,打开微信,给程程发出了一条求助信息:

你手机里有滨海沙滩的图片吗?发我一些,快哟。

第九章

厉害的奶奶

整个下午,程程沉浸在一种说不出的喜悦中。真没想到,抖音上一条小小的视频,会引发那么多人的关注。哈哈,阿波罗真要出名啦!

好多人都在下面留言。有赞叹阿波罗漂亮的,也有夸奖阿波罗聪明的,还有人感慨说,爱动物,就要给它更好的选择。甚至有人拿音乐说事,感叹音乐不仅可以跨越国界,还可以跨越人与动物的界限。当然,也有人说视频是假的,是电脑合成的。

程程觉得神奇,网络的力量,正在让她看到奇迹。她每过一会儿就去看一下点赞数。哇,已经过万了!程程感觉有小小的成就感溢上心头。就在这个时候,她听到了开门声。妈妈回来了。

"宝贝,你在忙什么呀?快来帮我拿一下,我买了好吃的。"妈妈一走进大门,就大声叫了起来,"哎呀,热死了。程程,家里空调没开吗?还是,你刚才不在家?"

"来了,妈妈。你买了什么好吃的?我还真饿了呢!"程程捧着手机走出来,"我在看抖音,没觉得热呀。"

"抖音,你又在玩手机?一直盯着屏幕,眼睛要坏掉的。"妈妈鞋子还没换,话却已经说了不少。

程程已经习惯了这样的妈妈,并不搭话,顺手接过妈妈手上的布袋:"你买了哈根达斯冰激凌!我爱吃这个。"

"知道你爱吃,快去洗手。功课做完了吗?没打喷嚏吧?我马上弄给你吃。"

"妈妈,我自己来。"程程说着就动起手来,她知道,老妈这是习惯成自然,总是把她当作小宝宝,生怕出一点儿闪失。难道一个五年级学生连一个冰激凌的外包装都不会打开吗?

同时,她想起娅娅说的话。也许,娅娅奶奶真有办法。她一边揭冰激凌杯上的盖子,一边打开微信找到娅娅,写下了四个字:

老妈驾到!

等了一会儿,她看到娅娅回了两个字:

收到!

妈妈在门口掸掉身上的灰,走进客厅继续问程程:"你是不是又去502了,听说那家的小姑娘喜欢音乐,钢琴已经考到9级了,很厉害的。"

"是呀,她弹琴,我拉小提琴。妈妈,如果配合得好,简直是一件特别令人陶醉的事情。"

"你真去了?当心过敏呀!"妈妈说。

"妈妈,我告诉过你,我已经长大了,我的身体没问题。真的,我总不能永远躲在家里不出门吧?"

"将来的事情,将来再说。"妈妈说,"还是保险一点儿,妈妈才放心。"

就在这个时候,传来了门铃声。程程听得真切,看来传给娅娅的信号起作用了。

"有人来了。"程程用小勺子舀了口冰激凌,小心地送到嘴巴里,没有要去开门的意思,平常这样的事,都是妈妈做的,何况这一次,她更不能去开门了。

"谁呀?"妈妈咕哝着朝门口走去。

妈妈打开门,马上听到一个大嗓门儿响了起来:"呀,是程程妈妈吧?你好,你好呀!我也住五楼,喏,502的,老早就听我们娅娅说起过你家女儿,说她小提琴拉得很好听呢。这不,我早上做的绿豆糕,自己做的,很清爽的,送来给街坊邻居们尝尝。"

"哦,您好,不用客气,我们家女儿是过敏体质,很多东西不能吃的。"程程妈妈说。

"是吗?这个倒是要当心的,小孩子身子不好,做妈妈的最操心啦。绿豆糕是好东西呀,她不吃,你吃。我做得多,邻居们都说好吃呢,你尝尝。程程妈妈,我还有件事,想和你商量呢,要不,我进去坐一会儿?"娅娅奶奶说。

程程坐在沙发上,耳朵一直竖着。听到这里,她有点儿坐不住了。

看到娅娅奶奶才几句话,就成功将绿豆糕放在了餐桌上,还换了鞋子,进到房间里来了,程程心里暗暗佩服,看来娅娅说得没错。

"呀,你家里好干净啊。一看就是个勤劳的妈妈,你是用吸尘器,还是用鸡毛掸子擦灰的?"

"还好,还好。"妈妈站着,明显并不欢迎娅娅奶奶,"您刚才说,有事？"

"哦,对了,我们楼上住了个老孙头,原来是大学里的教授,很厉害的。现在退休了,有时间了,想帮楼里的孩子补补作文、阅读什么的。我们家娅娅很感兴趣,打算每天去听一小时,我就想问问你家程程有兴趣吗？一个人听和两个人听,一样是听。人家以前可是出考卷的,很权威。"

"这个呀……事情倒是好事情,可我们家程程身体弱,人多的地方,不方便去。"

"妈妈,我要去听的。我们老师说,'得语文者得天下',暑假一结束又要忙功课了,时间不多啊！"

"这个……"妈妈一下子不知道说什么好了。

"你家程程是过敏体质吧？我知道,你这个做妈妈的要比人家妈妈辛苦多了,不容易啊。"娅娅奶奶很快顺着程程妈妈的思路,说起了程程的身体,"程程妈妈,以我的经验,这个毛病,随着发育会好起来的。还有,你千万别让孩子太娇生惯养了。身体的抵抗力,需要小孩子自己去增强,怕什么来什么,你放手让她去接触了,就有了抵抗力。这是我们乡下的做法,挺管用的……"

妈妈显然并没听进去,但她面带微笑,感受到娅娅奶奶还是懂她的,所以一直在点头。

"要做晚饭了吧?不打扰了。程程,明天上午我来叫你。老孙头人很好,大学问家呀。你和娅娅做个伴,保证对你们有好处。"

奶奶说完,迈着碎步离开了程程家。程程看着娅娅奶奶的背影,心里泛起一点儿温暖和感激。"菩萨心肠",程程想到以前外婆看到帮助别人的好心人经常会说那人是"菩萨心肠"。程程觉得娅娅奶奶就是这样的人。家里重新安静下来了。妈妈没马上去厨房,而是在沙发上坐下,问程程:"楼上那个孙老伯,我听说过,是个大教授,子女都在国外,以前还看到他们老夫妻在小区里散步,这一年多没看到了。看样子娅娅奶奶有点儿本事,居然能让大学教授帮忙补习。就是不知道他们家干不干净,如果你过敏了,书读得再好,也没用的。"

程程听出妈妈对她上楼补习有些心动了,说:"那个娅娅,在我们学校的艺术节上表演过钢琴独奏,弹得很好。和她一起学,我们有很多东西可以聊。"

"嗯,要不,我明天请假陪你去看看?"妈妈松口说。

"妈妈,你不要这样大惊小怪的好吗?我都这么大了!你陪着我去,那我宁愿不去了。"

这会儿,她希望妈妈赶紧去厨房忙碌,她可以拿出手机和娅娅交换一下意见。

"妈妈,我肚子饿了,还可以再吃一个冰激凌吗?"

"不行。呀,我得去做晚饭了。你休息一会儿。"

娅娅陪着奶奶从楼上孙爷爷家回来,就接到了程程的求救信号。等奶奶去了程程家,娅娅一个人钻进了家里的储藏室。

孙爷爷说,一个人在家挺寂寞的,如果可以"返老还童"应该很有意思。娅娅忽然想到储藏室里有一套自己以前玩的乐高玩具,如果拿给孙爷爷玩,他应该会很喜欢的。

可是,为什么没找到那个盒子呢?

娅娅记得那个盒子是放在一个行李箱里的,上一次娅娅拿出来玩,还是一年级时候的事情。娅娅是个乐高迷,觉得这些拼装玩具里充满了变数,可以有无穷的想象空间。

刚刚,娅娅和孙爷爷居然聊了很多话题。孙爷爷肚子里的学问可多了。他是讲授古典文学的,还对音乐和地理都有研究。孙爷爷的话匣子一打开,别说奶奶根本听不懂,娅娅也觉得有好多的新名词,完全是应接不暇……

后来,孙爷爷大概意识到自己跑题了,主动说:"这个是以前给学生上课时候的习惯,不自觉地想把知道的都讲清楚。不说了,不说了。不过现在也没人听课了。一个人在家真寂寞啊!"

奶奶说:"人老了吧,还是要找点事情做。我现在每天做菜,忙也忙不过来的。你要不继续去上课?这样时间就够打发了。"

"不行啊,腿脚不灵了,站也站不住了,脑子也没以前好使了。"孙爷爷眼睛突然亮了一下,说,"我可以教你孙女写作文,给她讲阅读和地理,这个,估计这幢楼里没人可以和我比。"

娅娅实在是没办法拒绝,要知道,说话是有语境的。她看到奶奶不断冲她使眼色,就点着头说:"好呀,好呀。"她心里却在想,就算孙爷爷要打发时间,也不用把她一起绑上呀,还是想办法为他找点别的事情做做。娅娅想起了乐高玩具,如果把这套乐高玩具借给他玩,他就不会寂寞了吧。之所以说"借",是因为娅娅自己也非常喜欢这套玩具,还舍不得送给孙爷爷。

难道妈妈把玩具挪了位置?娅娅在老地方没找到,就开始在储藏室里翻找起来。

妈妈有个习惯,过一段时间就要将家里的东西换个位置,重新整理归类,她说,有变化,就感觉一切都是崭新的。

娅娅觉得老妈有时候挺好笑的,为了要娅娅上培训班,煞费苦心想办法,好像万一没去,就错过了整个世界。这样执着的妈妈,完全有可能担心某一天娅娅想玩乐高,就将这个盒子放到更加隐秘的位置去。

这一次,老妈想错了,我可不是自己要玩,是想拿给孙爷爷的。

娅娅这样想着,就又钻到了最里面的一个大口的塑料柜里去翻找,她好不容易钻进那个小小的空间,打开塑料盖子,里面果然藏着乐高玩具,还有许多遥控小汽车和一大本相册……

她索性在储藏室的地板上坐了下来,拿起了那本相册,回忆一下自己的童年时代,挺有意思的。才翻开第一页,就听到奶奶在外面叫她的名字。

"奶奶,我在这里呢!"娅娅大声回答,"你来看呀,我找到好东西啦。"

奶奶的脚步声近了:"我的小祖宗啊,你怎么坐在这里呀?"

"奶奶,你看,我小时候。"娅娅将相册举起,给奶奶看。

奶奶叫着:"快出来,里面全是灰尘,小祖宗啊,怎么跑到这里面去了呢?"

"我想找玩具给孙爷爷玩呢……"娅娅说,"这个乐高很好玩的。"

娅娅拿着乐高的盒子从储藏室出来,忽然看到奶奶好像站不稳了,头上全是汗珠,脸色煞白。

"哎呀,我头晕,快扶我一下,娅娅。"奶奶紧闭双眼虚弱地说。

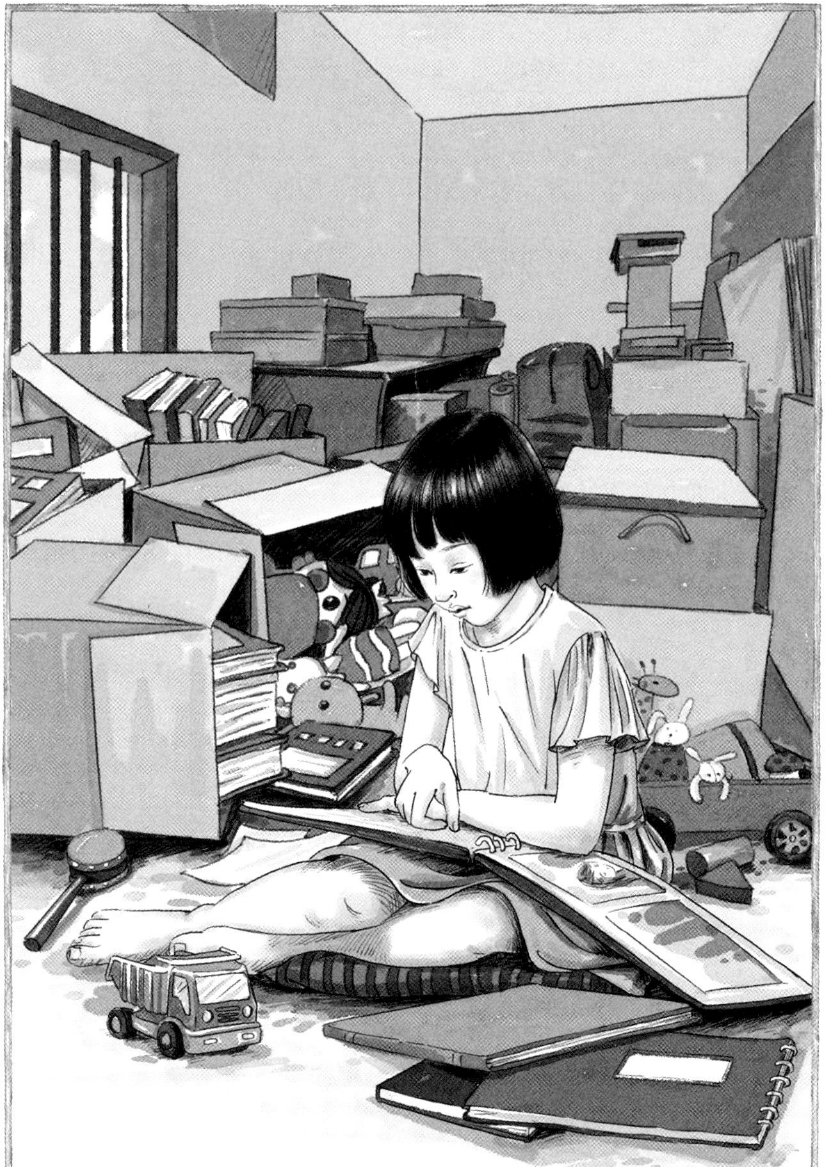

娅娅赶紧扶着奶奶回了房间,让她躺在床上。

"奶奶,怎么了?要喝水吗?我去倒一些来。"

"娅娅,那个抽屉里有麝香保心丸,你去拿来,我要含着。"奶奶吩咐完,眼睛闭着,仿佛刚刚经历了一场马拉松,需要休息。

取了药,娅娅懂事地去客厅给奶奶倒水,同时拿了手机,想赶紧把奶奶不舒服的情况告诉爸爸。

看奶奶含了药,娅娅开始拨电话。奶奶阻止了她:"不要告诉你爸爸,我很快会好的。我心里有数,大概今天累了,你帮我揉一下,没事。你爸爸工作那么忙,就别让他担心了……"奶奶指指胸口心脏的位置说。

娅娅想了想,在小床边坐下了,帮奶奶揉着胸口。

阿波罗乖巧地黏在奶奶身边。奶奶的神色看起来好多了。奶奶喝了口水,说:"可能是因为今天累了……幸好娅娅在我身边,如果一个人的话,倒下来也没人知道的。唉,楼上的老孙头,其实比我苦啊!"

"奶奶,我刚刚就是想找乐高玩具给孙爷爷呢。"娅娅说。

"好孩子,我们讲定了哟,晚上妈妈爸爸回来,关于我犯病的事,你不许说哟。记住了吗?"

娅娅用手抚摸着阿波罗,没有点头也没有摇头,嘴巴里咕哝

113

着:"阿波罗肯定也吓死了。还好,还好!"

口袋里的手机振动起来。

娅娅翻出手机看,是程程发过来的信息:

你奶奶真是高啊!还有,赶紧去抖音看看,阿波罗要出名啦!点击率飙升啊哈哈哈……

"阿波罗?"娅娅说着就点开了抖音,果然,点击率已经好几万了,下面很多人都在评论。娅娅边看边笑,把手机送到奶奶的眼皮底下:"奶奶,你看,这条还是上午你拍的呢,阿波罗要成明星'喵星人'啦,哈,音乐猫阿波罗,这个名字不错。"

奶奶眯起眼睛看了一会儿,笑着对娅娅说:"就是呀,阿波罗太逗趣了,我得好好的,不能生病,否则就成你们的负担啦!"

娅娅笑得很欢畅:"奶奶,你是不是受了孙爷爷的影响,像个忧伤的诗人啦。"

奶奶笑了笑,好像又好起来了。一切如风般,仿佛都过去了。

第十章

西西的故事

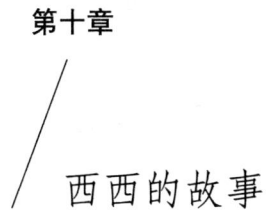

比起学校,逸宙她们住的这个旅馆还真有些破旧不堪,床上挂着黑乎乎的蚊帐,地是水泥的,床底下放着两只不搭的拖鞋,还有一些小虫在爬。刚来时候的新鲜劲过去后,逸宙开始感受到这里的不方便,坐在双层床的上铺,头就顶到天花板了,只能稍微低下点。逸宙之所以要坐在床上,实在是因为没其他地方可坐,桌子上堆满了东西,放不下手提电脑,凳子也少,而她必须将资料摊开来,再梳理一遍。

明天就要给大家上课了。傍晚的这个时候,旅馆里的网络还算稳定,她赶紧再下载些资料和图片,把PPT丰富一下。

逸宙一边下载着图片,一边和程程在微信上聊起来了。

程程：找了些图片，你慢慢接收哟。

程程：你那里还好吗？这两天没见你发朋友圈啊。

逸宙：他们都嚷着要看大海，妈妈就让我给他们先讲讲大海。

程程：来看大海，挺不容易啊……

逸宙：是呀，在这里看到山，我觉得新鲜，估计他们想看海，也是这样的心情吧。

程程：熟视则无睹，却对远方的风景特别期待，是吗？

逸宙：也许是。你知道吗？我当时真的很冲动，答应帮他们实现愿望，但我的能力实在有限……

程程：这个愿望挺有意思的，我们一起想办法吧。等等，看你发的照片，你是在云南边境吗？

逸宙：对呀，翻过山就到越南了。

程程：哦，你那里有哈尼族和黎族等少数民族吧？他们的服装特别美。孙爷爷说的。

逸宙：孙爷爷？

程程：我们楼上的，他在云南待过七年，哈，世界真小。孙爷爷说云南是他半个故乡，他愿意帮故乡的孩子们实现愿望……

　　逸宙：你在说什么？

　　程程：一两句话说不清楚，等你回来再聊。

逸宙将刚才的对话给妈妈看，妈妈点头说："哦，程程说的大概是那个退休的大学教授吧。我们在电梯里聊过几句。要实现这个愿望还有很多问题呢，你先把明天的课上好。对了，明天有问题可以找西西哟。"

一大早，逸宙在鸟语花香中醒来，然后一下子跳了起来，房间里只剩下她一个人了，妈妈她们都不见了，桌子上有一张纸条。

小宙：

　　我们下午回来，桌上有馒头和方便面，你自己解决早饭和午饭哟。

妈妈

昨天就说好了，整个上午交给逸宙，她可以"随心所欲"，想怎么样就怎么样。她已经想好了：先上课，再踢球。

逸宙没有洗脸,没有刷牙,从热水瓶里倒了点水,直接吃了半个馒头,就迫不及待地出门了。并不是逸宙的卫生习惯不好,实在是条件所限,在这里,每天的水都是限量供应的。刚到时,妈妈怕逸宙不习惯,还省下水来让她洗澡,可是,这鬼天气,动不动就会出一身汗,逸宙后来也就习惯了,小伙伴都差不多,也没人会嫌弃,倒不如省下时间,也省下水来。

今天是个好机会。她对自己说,毕竟,没了大人管,更加自由。

逸宙穿上了那件红色球衣,她觉得红色会给她带来好运。她带上了足球,一阵小跑,很快到了学校。

教室里,大家都在等她了,这里的孩子起得早,这个时间,已经上山打柴回来了。逸宙发现,西西居然坐在后排,她平时都在外面忙碌,今天怎么会来听课呢?这让逸宙有些惊讶也有些期待。

"不好意思,这里晚上特别安静,我睡得很沉,差点儿就迟到了。"逸宙的开场白有些拘谨。虽然和大家蛮熟悉,但走上讲台面对大家,让逸宙多少有些紧张。

"我们先上课,休息时,可以踢足球,我带了这个呢。"逸宙扬了扬足球说。

"我做了一个PPT,里面有许多图片,你们等一下哟。"

她专心摆弄起讲桌上的电脑。这所学校不仅有漂亮的校舍，还有电脑和投影仪，教学硬件可以和滨海的学校媲美了。这是逸宙来之前没有想到的。

关于大海，逸宙的脑海里有漂亮的海岸线和柔软的沙滩，有海边的贝壳和海螺，还有深海里的大鱼和珊瑚。她讲了海洋的形成、海中的动物，还有，海洋性气候和这里的气候完全不同的特征，大家都听得很仔细。然后，她问大家，是不是会想起什么与海有关的诗句来，可以一起分享一下，马上有同学举手回答：

海上生明月，天涯共此时。

海内存知己，天涯若比邻。

海阔凭鱼跃，天高任鸟飞。

逸宙在黑板上写下了这几句，回转身看着大家。

教室里的气氛很好，西西坐在下面，目不转睛地看着逸宙，不住地点头。她的那种目光，仿佛感染了逸宙。逸宙想起昨天傍晚和程程的微信对话，心里觉得，也许下一个夏季，西西和小艾他们真的可以和她相聚在滨海。这个念头围绕着她，怎么也挥不去。她脸上的表情丰富起来，仿佛自己就站在大海边，沐浴着海风,听着波涛的声音,感受着海的气势和胸怀,内心也激荡起来。

就在这样的氛围下,逸宙要结束今天的课了,她深情地说:"古人说,智者乐水,仁者乐山。水的流动和山的挺拔,会给人不同的感受,多去大自然走走看看,大海和大山一样,会带给我们面对生活的勇气和力量。"

话音刚落,迎来一片掌声。"太好了,红衣姐姐,大海太美了,我真想立刻去看大海。"小艾说。

"是呀,最后,我想用海子的《面朝大海,春暖花开》来结束今天的课。"

从明天起,做一个幸福的人

喂马、劈柴,周游世界

从明天起,关心粮食和蔬菜

我有一所房子,面朝大海,春暖花开

…………

给每一条河每一座山取一个温暖的名字

陌生人,我也为你祝福

愿你有一个灿烂的前程

愿你有情人终成眷属

愿你在尘世获得幸福
我只愿面朝大海,春暖花开

这是 PPT 的最后一页,完美! 逸宙对自己的表现很满意。

就在这个时候,西西站了起来,脸上挂着笑容。她从后排走到前排,对大家说:"你们看,红衣姐姐这么有学问,就是因为她学的比我们多,你们也要加油啊! 会有那么一天,我们相伴着一起去看海。小艾,你听到了吗? 西西姐姐答应你哟。"

小艾的脸上有了红晕,开心地点点头。

"不用等很久,就明年,对,明年来滨海吧,你们,所有人。"逸宙激动地说,"面朝大海,春暖花开。"

孩子们的手都拍红了,他们一齐围了过来:"红衣姐姐,滨海是不是很大? 马路很宽?"

"太好了,我们现在开始存钱吧,真想去看看。"

"那里可远啦……"

西西将手一挥:"好了,现在去操场吧,红衣姐姐带了足球来,你们去踢一会儿球放松一下,也让红衣姐姐休息一会儿。"

伴随着脚步声、尖叫声和嬉笑声,整个操场仿佛被点燃了,顿时热闹起来。逸宙带着大家搬来椅子做球门,又把孩子们分成两队,将足球扔给了他们。操场上,大家欢快地奔跑起来了。

逸宙本来想加入孩子们,畅快地踢一场球,她的脚有些痒痒了。但她心里惦记着西西,更想趁这个机会靠近她一点儿,她用眼睛寻找着西西的身影。果然,她看到西西并没走远,而是站在操场一角的乒乓球台那里,饶有兴趣地看着操场上奔跑的孩子们。

逸宙朝西西走去,西西见到她走近了,指指旁边一张乒乓球台,说:"歇一会儿吧。"

逸宙点点头,一屁股坐上乒乓球台,问西西:"今天有空?"

"我不放心你一个人管这些孩子,他们有的时候可淘气啦。再说,我也喜欢大海,就来听了。"西西说,"你讲得真好,和你妈妈有一比。"

"谢谢你。你很早就认识我妈妈了吧?"逸宙单刀直入,她很想了解,"你知道吗?我一直有点儿妒忌你,觉得每年暑假都有人和我抢妈妈呢。"

"所以,你就跟过来,看看跟你抢妈妈的那个人长什么样?"西西仿佛听懂了,笑着问道,"怎么样?和你想的一样吗?"

逸宙听出了其中的友好,摇摇头说:"不像。我心里描绘过无数种可能性……"逸宙说到这里,停住,自己先在心里笑了。曾经,在她想象的情节里,西西,要不就是身患绝症,要不就是身世悲惨,所以妈妈才会一次次过来,鼓励她继续生活下去……

可眼前的西西,懂事乖巧,稳重大方,话虽不多,却善解人意,就像一个邻家的姐姐。

西西笑了:"是不是以为我得了不治之症?不过,你妈妈才来的时候,我确实情绪很糟糕。那个时候,这里的条件很差,根本没有这样的学校,和现在的条件不能比的。小艾他们比我那个时候幸福多了,可以在这么好的教室里上课。柳姨说过,我们就像这大山里的兰草,需要被人发现,好好栽培,才能茁壮成长。"

"蓝草?那是什么?"逸宙显然没听懂。

"山里的一种植物,我去山里写生的时候,最喜欢画它们了。"西西说。

"很有名吗?"逸宙问,"哦,我知道了,你明信片上画的就是它吧?"逸宙搜索着印象中明信片上的画。

"红粉佳人黑披风,来自迷雾深山中。不识人间多富贵,天生傲骨不求荣。"西西点着头说,"大山里的兰草,貌不惊人,安安静静的,但总有一天,它们会散发出幽香,显出与众不同来。柳姨教我背诵这首诗时,我并没有感触,现在感受越来越深了。"

"柳姨是记者嘛。"

"你妈妈也很好,还有小雷阿姨。"西西说,"幸亏遇到了她们。她们那么有爱,那么暖心。"

逸宙看着西西:"那么,你和我说说,我妈妈她们,怎么个好法呀?"她原本想问西西,妈妈是怎么找到她的,但话到嘴边改了口。

"她们带我走进了一个奇妙的世界。"西西说,"你知道吗?你妈妈告诉我世界很大,宇宙有浩瀚的银河系,还有黑洞……那一年,我好像才刚读一年级。然后,小雷阿姨带来了油画笔,拉我去山上画画。这些镜头,还一直在我眼前浮现。"

"所以,你现在当小艾的小老师,教她画画?可你为什么不让我帮小艾实现看大海的愿望呢?"逸宙忽然问。

"小艾需要自己慢慢长大,这个我深有体会。如果都靠别人帮,等你们离开了,心里会空落落的。"

"空落落的?"逸宙发现,那种心有灵犀的感觉,在她和西西身上起着某种微妙的作用,妈妈离开的那些日子,她也曾感觉空落落的。

"我想去看看'蓝草'长什么样。"逸宙忽然说。

"好,下午我带你去对面山上看看。"西西说,"让他们再玩一会儿,中午已经准备好了煮玉米和菜汤。我们去去就回。"

这里是山村,上山基本靠走路,天又热,虫子多,对逸宙是个不小的考验。虽然她平时常踢球,体力不错,但在高原走路不比平地,稍微快一点儿,就会喘。逸宙暗地里使着劲,心想:难怪国家足球队每年都要到云南来训练,我在这里每天多爬几次山,体力也会更好一些吧。

西西毕竟比逸宙大几岁,个子虽不高,但体力不错。一路上,她一边走,一边向逸宙介绍山里的植物。说起这些,她如数家珍:"这个是灰条菜。这个嘛,叫鸡脚菜,你看,像不像鸡爪子?不过,我说的那个兰草,可比这些珍贵多啦,也不容易找。来,你跟我往里面走。"

逸宙跟在西西后面,钻进了一片灌木丛中,山路高低起伏,那些树和杂草缠绕在一起,挡去了阳光,倒是有些阴凉。

西西一路走得快,逸宙觉得有些累了,但看着西西轻松自如的样子,她不好意思说休息,坚持跟着西西走到了一个半阴半阳的山丘上。西西停了下来,蹲下身子,欣喜地对逸宙说:"你看,两天没来,它长出新的叶子了呀。"

逸宙跟着蹲下,发现西西面前是一株野草:"这就是'蓝草'?"

"对,这个比较名贵,叫报岁兰。"西西说,"我好不容易才找到的。"

"哦,是兰花呀,我还以为是蓝颜色的草呢。原来你说的是兰草。"逸宙笑着蹲下身子,仔细观察起来。她发现,这株植物与满地的野草确实不同,叶子宽宽的,颜色青绿透亮,特别显眼,非常漂亮。

"红粉佳人黑披风,来自迷雾深山中。不识人间多富贵,天生傲骨不求荣。"西西又念起那首诗,深吸一口气,"你知道吗?起先,去山里写生,小雷阿姨画兰草,我还不屑一顾呢!后来,山里人爱上了兰草,说它们可以卖出大价钱,我倒生出了保护它们的心思来。之后,每次找到它们,我都会悄悄为它们遮掩一下,不让别人发现。结果时间长了,兰草好像和我特别有缘,常常让我发现它们的踪迹,我也就不由自主地爱上它们了。你可别小看了这些兰草,它们可会找地方啦,喜欢藏在大山深处半阴半阳的地方,悄无声息、不着急地慢慢长。你要细细观察才会发现,这里的兰草名堂可多啦,有豆瓣兰、兔耳兰、火烧兰,我都画过,还有虎头兰和报岁兰。这些兰草不开花的时候,看上去很普通,但等有一天伸出了花蕊,立刻就不一样了,等到完全绽开了,那个香气呀,老远就能闻到。"

逸宙的脑海里,突然跳出了另一首古诗,她脱口而出:"手培兰蕊两三栽,日暖风和次第开。坐久不知香在室,推窗时有蝶飞来。"

"嗯,可以跟着蝴蝶找到兰草。逸宙,我小的时候,多么想离开这里呀,我甚至怨恨过我妈妈,为什么要回这里来。现在,我渐渐明白了,大山有大山的妙处,就像这些兰草,只要有足够的耐心,一样会开出幽香的花来。"

逸宙说:"是呀,这兰草是'养在深闺人未识',是大山里的宝贝呀。我想,你将来一定想当一名出色的画家吧?"

西西点点头又摇摇头:"我长大要当一名教师。画画只是我的爱好,每当我坐在山中写生,看着这些花草树木,心里就会很安静、很放松。来的次数多了,我渐渐明白了柳姨说的话。当我学会了与所处的环境相处、相知、相融,就可以从大山里汲取到足够的养料。所谓天生我材必有用,就像你有大海,我有大山,它们都是大自然美丽的馈赠。"

"有道理。我问你啊,我妈妈是先认识你妈妈,才认识你的吧?"逸宙试图从西西的话语中理出一些头绪来。

"不然呢?"西西说到这里,一下子沉默了。

逸宙一时接不上话,就蹲下身子,静静地看着那株"养在深闺"的报岁兰。

有那么几分钟,两个女孩各怀着心事默不作声,空气里散发着植物特有的气味。

"渴了吧?我去摘几个果子来。"西西说着走开了。山里的夏季,许多果子都成熟了。逸宙也不管西西,她在想西西刚才说的话,心里的疑问并没有减少,似乎有更多的话想问。

几分钟后,西西带着一种红色的果子走过来:"你尝尝看,这个有点儿像山楂,酸酸甜甜的,解渴、解乏,在山里砍柴累了,我们就吃一点儿。"

逸宙接过红果子,学西西那样,往身上擦一下就放进了嘴巴里。酸涩的感觉刺激着她的味蕾,她刚想吐出来,但看着西西期待的眼神,没好意思吐。幸好没吐,大概只过了几秒钟,嘴巴里生出了甜丝丝的滋味,口水也跟着多了起来,好神奇。

"山里真好。"逸宙由衷地说,"在这里,吃吃果子,赏赏兰花,呼吸呼吸新鲜的空气,不用每天绞尽脑汁做题目、参加比赛,没有功课和升学的压力,优哉游哉啊。"

西西笑着说:"我明年也要去参加中考的。没你想的那么轻松。其实呀,要我说,山里好,城里也不错。是不是人就是这样,总是看到别人的好,彼此羡慕呢?"

"有可能。对了,和我说说小艾吧。那天,我看到小艾说到想

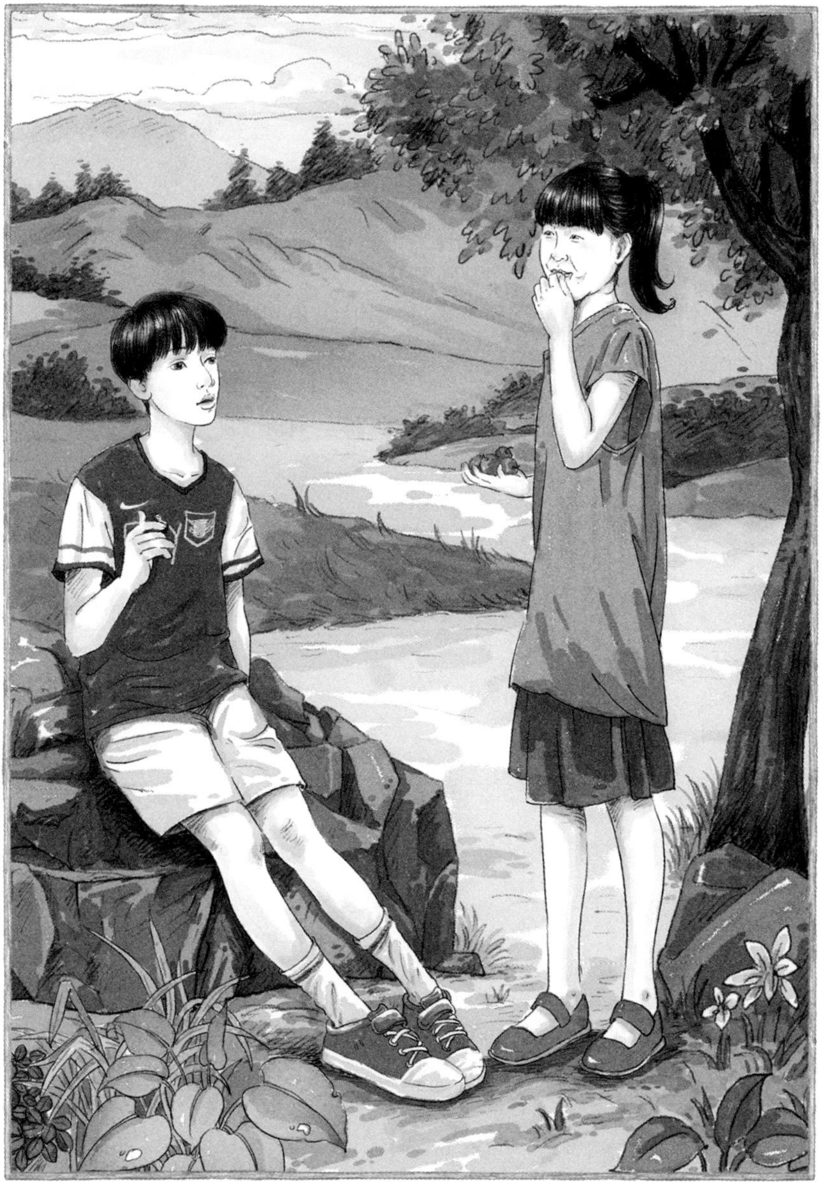

妈妈的时候,你的眼睛湿润了。"逸宙问。

"小艾的妈妈去了天上。小艾和她奶奶一起生活,很不容易。我把她当妹妹,教她画画。你看到了吗?她悟性很高,你那张头像画,她画得多惟妙惟肖哇,她将来的学习成绩也会很好的。"西西说,"她妈妈在她很小的时候就去海边打工了,很少回家,后来听说生病去世了……小艾告诉我,她有一次梦到妈妈站在海边,身后就是碧蓝的海水,妈妈还不停地向她挥手,叫她过去。从此以后,大海,就让小艾牵挂上了。"

"那我们不是正好帮她圆一个梦?我们一起想办法,下个暑假,你带着小艾他们一起来滨海吧。"逸宙说,"让她看看山以外的世界,怎么样?"

西西不说话。

"西西,"逸宙继续说,"滨海有很多美术馆、博物馆。程程说过,有好心人愿意帮忙呢。程程是我同学,她很厉害的,手机上发个抖音短视频,就会有很多粉丝。孙爷爷就是她认识的好心人吧……"

"不用麻烦那么多好心人,过几年,等我有能力了,我来为他们实现这个梦想。"

"干吗要过几年呢?我们说好了,以后每年暑假,我们都要见面,要么你们来海边,要么我来这里。怎么样?我们拉钩吧?"

西西的眼睛一亮,但她换了个话题:"该回去了。肚子饿了吧?"

"等等,我要拍张兰草的照片。"逸宙说,"西西,我发现,山和海很不一样,山给人依靠,有兰草那样的耐心;海能抚慰人心,有辽阔的胸怀,这都是我们需要的品质。西西,我决定了,我知道接下去我该做什么了,西西,你要相信我。"

第十一章

有趣的老孙头

孙爷爷真是个有趣的人。

为了迎接娅娅和程程的到来,他专门备了课,然后,在他家进门的小黑板上写下一串选择题,让孩子们选择。

比如,今天的选择题是这样写的:

阅读:《老人与海》还是《吹小号的天鹅》,请选择。

地理:"卡夫卡的故乡"还是"彩云之南",请选择。

娅娅和程程对这些话题都有兴趣,都想知道。给了她们选择权,就让她们对这一天更充满了期待。

奶奶有时也会来凑热闹,或者送点心,或者让大家休息一会儿。

"你们要让孙爷爷停下来喝口水,吃点东西呀。这样一直讲下去,身体吃不消的。"奶奶微笑着说。

"没事,没事,我开心。"孙爷爷说,"平时只能对着手机,一肚子的话没人听啊。"

"孙爷爷,您在大学里到底是教什么的啊,为什么肚子里有那么多的知识?"程程问。

自从来了这里,程程每次回家都会和妈妈说说在孙爷爷这里听到的故事。妈妈听的时候,表情丰富,程程知道妈妈应该不会反对了。程程会活学活用,在公众号上把孙爷爷讲的知识改成适合网络的语言发布,没想到粉丝量因此大涨,这让程程超有成就感。

上楼的这一小步,对程程来说,可是她人生中的一大步啊!

之前出门去娅娅家,多少有点儿偷偷摸摸的,现在,终于可以理直气壮地和妈妈说:"我去孙爷爷家啦。"有时候,娅娅和程程还将阿波罗带到孙爷爷家里,学习和逗猫两不误。所以,程程特别佩服娅娅奶奶,如果不是她,一切还会是老样子。

吃着娅娅奶奶送来的冰冻地力糕,程程顺便打开手机查看自己的公众号粉丝数是不是又增加了。看到刚刚发上去的一篇文章的评论数又增加了,她的心里很满足。她退出了公众号,又点开微信朋友圈,忽然叫出了声:"呀,逸宙又更新了!这家伙,支教支出新花样来了。"

"孙爷爷,您看,"程程说,"这个花您在云南的时候见过吗?"

刚刚,孙爷爷正好讲到西南联大,顺带提起了电影《无问西东》,还从电脑里找出一个片段放给她们看。现在,程程看到逸宙朋友圈里的景色,感觉很亲切。

早两天上课时,程程说起逸宙在云南跟着妈妈支教,眼睛里全是羡慕,没想到引来了孙爷爷的感叹。原来孙爷爷年轻时曾去云南插队,在那里度过了七年的知青生活。后来高考恢复了,他才回到了滨海,之后一直没再去过,心里对那里始终怀着牵挂。

所以,听说逸宙想让那里的孩子来滨海,孙爷爷就来了劲,表示愿意尽力促成,还说:"让山里的孩子出来看看,值得,值得……"

那个下午,孙爷爷、娅娅和程程全都跑题了,热烈地讨论起来。程程还和逸宙在微信里提到了孙爷爷,看到逸宙发过来的问号和疑惑,程程开心地笑了。向来都是逸宙做程程的后援,这一次,程程感觉自己可以给逸宙一点儿支持了。

还是奶奶上来敲门,才打断了他们天南海北的遐想。孙爷爷说,下一堂课,他要让两个女孩认识一下"彩云之南"。

然后,就有了今天的这堂课。

孙爷爷戴起老花镜,接过程程的手机,仔细地看了起来。

"是兰花。看叶子,应该挺名贵的。"孙爷爷说,"看来,你的朋友有打算了。程程啊,等她回来了,你拉她来这里吧。"

"好呀,我拉她加入我们的小组。孙爷爷,她可厉害啦,得过奥数金牌,是校女子足球队队长,还有……"

> 山和海很不一样。如果说山能给人依靠,有耐心,那么海能抚慰人心,有辽阔的胸怀。我决定了!只是,一个人的力量很小,滨海的小伙伴,给我力量吧!

"决定什么?"娅娅看完了逸宙的朋友圈,问。

"估计是指请那里的小伙伴来滨海吧。我那天告诉她,这里有比她更了解云南的人,我们可以一起帮她。"

"对的,算我一个。"孙爷爷说,"力气我没办法出,但可以出钱、出主意。"

"这个女孩也住在我们楼里?"奶奶问程程,"这可是大事情,小孩子出远门,不行不行。要是出点安全事故,罪过啊!"

"奶奶……"娅娅觉得奶奶跑题了,嗔怪地嚷了一嗓子。

135

"等等,等等。"孙爷爷说,"我记得我们大学有个项目,好像叫什么开放日,就是让大家来认识大学、认识滨海,他们应该有详细的计划,我去问问,云南的小朋友来一次滨海不容易,要把这里最好的都给他们看看。程程,你告诉你的朋友,说我老孙头全力支持她。云南,是我第二故乡,故乡人要来,我举双手欢迎啊。"

两个女孩看着孙爷爷,欢呼起来:"老孙头,您真棒!"

"哈哈,你们不知道,想到可以做点事情,我觉得自己一下子年轻了。赶快,加个微信,我要在下面点个赞。对了,你们就叫我老孙头吧,这个叫法更亲切,哈哈哈。"

"老孙头?"娅娅说,"真的可以这么叫您吗?那么,老孙头,您也有微信?"

"当然有,我平时就靠微信打发时间呢。你们等等,我去拿手机。"说着,老孙头站起来,慢慢朝里屋走去。

奶奶问娅娅:"什么情况?我怎么没听懂?"

"先加微信。"老孙头拿着手机走了出来,"这个好,这个好。"

程程一直在笑。她和逸宙聊过这个计划,也萌发了做几条微信公众号消息再推送一下的念头,程程觉得或许可以从网络上搜集些好主意,甚至获得一些资助款,不过一切还只停留在设想。

现在看到老孙头这么起劲,程程觉得他真是个有趣的行动派。

"老孙头,"程程说,"怎么个好法呀?"

"一个人的童年,要在心里装下很多东西,才可以照亮未来的路。滨海除了大海,还有大学、博物馆、音乐厅……这些见识,有和没有会不一样。看过了,会留在心底。"老孙头忽然兴奋起来,"小时候,我爷爷送我来滨海玩过一个暑假,由此改变了我的人生。所以说这个事情好,特别好!"

两个女孩似懂非懂,面面相觑。

"听上去像那么回事。逸宙大概要打喷嚏了。"程程说。

"咱们四个,加上你的朋友逸宙,我们一起来完成这个梦想。咱们悄悄干,不让大人知道。"老孙头的表情特别可爱,好像回到了孩提时代。

"大人?您和娅娅奶奶不是大人吗?"程程觉得老孙头太可爱了。

"我们是老人,不是大人。老人有老人的智慧,哈哈哈哈……"老孙头笑得特别畅快。

"娅娅奶奶,真要谢谢你,我忽然觉得自己年轻了。"老孙头拿出一个笔记本,说,"明天开始,小黑板上就只有一个主题啦!你们没意见吧?"

137

"只是……"娅娅欲言又止。

"只是什么?"老孙头问。

"马上要开学了,我妈妈、程程妈妈、逸宙妈妈,肯定都会反对的。毕竟,我们的主要任务是学习。"娅娅说,"我还答应我妈妈要去参加滨外附中的面试呢。"

"这个自然。小升初可不是闹着玩的,必须重视。"老孙头说,"这个,是我的强项,我可以帮你们。"

"那里的小朋友也要读书。我估计呀,最早也要到明年暑假,才可以实施计划呢。"程程说。

奶奶依然没完全明白刚才的对话,她看大家将冰冻地力糕吃完了,收拾着桌子,说:"时间不早了,让老孙头午休一会儿吧。"

"阿波罗,跟我下去了。"奶奶将阿波罗揽在怀里,和两个女孩一起离开了老孙头的家。

"蔚蓝计划。"关门的一刹那,程程听到从里面传来老孙头的声音,"这个名字好,一语双关。"

第十二章

蔚蓝计划

长长的暑假终于过完了。

一开学,娅娅她们就升到六年级了。

这个暑假,娅娅因为奶奶的出现,认识了住在一幢楼里的两个同龄人——程程和逸宙,还有一位老先生——老孙头,还拥有了一只音乐猫阿波罗。

自从阿波罗来到娅娅家,家里的气氛确实变得不一样了。

娅娅也说不清楚之前家里缺了什么。妈妈和爸爸对自己呵护有加,可是,娅娅总会在他们的呵护中,感受到一些说不出来的压力。有的时候,妈妈的焦虑写在脸上,弄得娅娅无所适从。阿波罗来了后,家里的气氛变得比以前轻松了,虽然妈妈偶尔会对那些飘散的猫毛皱眉,但奶奶只要加快清扫的频率就行了。阿波罗也真是乖巧,它会用迷蒙的眼睛看着妈妈,喵呜喵呜叫着,让妈妈心软。

每次娅娅练琴的时候,阿波罗都会跳上琴凳,依偎在娅娅身边,随着琴声做出陶醉的表情。这时,家里特别温馨,升学的焦虑似乎也烟消云散了,连妈妈看到了也说,这只猫,大概真的有音乐天赋吧!

更重要的是,现在,娅娅和程程、逸宙,心里藏着一个心照不宣的秘密,让她们对接下去的每个日子都充满向往。

开学后,娅娅当然更忙了,功课多了,小升初的脚步也近了,别的不说,近在眼前的就是滨外附中的面试。随着面试时间的临近,娅娅的心里反倒有些后悔。暑假的时候,自己曾那么激烈地反对妈妈报培训班,这会儿想想,其实妈妈没说错,刚刚过去的那个暑假,是小学阶段最后一个暑假了。当她们强烈期盼的下一个暑假来临的时候,娅娅就要一脚踏进初中的大门了。

逸宙回来后,她们三个女孩在老孙头家聚过不止一次。老孙头真是厉害,他有很多好的想法,还画了一个思维导图,把要做的事情一一列了出来。

关于"蔚蓝计划",老孙头说:"一是因为滨海有海,这行动是为了实现山区孩子看蔚蓝色大海的梦想,名副其实;二是希望这个活动能像逸宙妈妈去大山里支教一样,为山里孩子的未来打开一扇窗,所以,取'未来'的谐音。"

于是,"蔚蓝计划"这个名字就这样定下了。

逸宙分享了许多她在大山里经历的故事。三个女孩用压岁钱买了个手机寄给西西,逸宙说:"西西有了手机,之后的沟通就方便了。"

三个女孩常在一起讨论"蔚蓝计划",她们还做好了分工。娅娅自告奋勇去联系那些博物馆和音乐厅,安排好在滨海的行程。她本来就是班级的宣传委员,大概是遗传了奶奶的外向性格,这些外联工作,她擅长。程程说她可以充分利用网络的优势,让更多的人知道大山里的故事。逸宙就负责和大山里的孩子们联系,为他们传递更多的好消息。

当然,她们的话题,也有关于学习的,比如那个滨外附中的面试。原来逸宙也准备到滨外附中参加面试。这段时间她在做着面试的准备呢。娅娅求她:"传授一下经验吧,我妈妈也要我去参加呢。"

没想到,给娅娅传授经验的,是老孙头。

老孙头说:"其实面试最需要的是敞开心扉,把你的特点和优势展示给面试官。当然,这就需要练习如何表达。从这个角度说,你妈妈让你参加面试培训的做法也不算错。前提是,你确实有竞争的优势,然后去学习如何恰到好处地表达出来。如果是夸大其词或弄虚作假,就没什么必要了。人家面试官也不是好糊弄的。"

说心里话,夏天刚刚开始的时候,娅娅心里对去滨外附中一点儿信心都没有。她觉得自己成绩平平,也没什么加分项,离那所名校很远,望尘莫及。所以,她才会对妈妈提出的要求反应激烈,甚至希望可以像小的时候那样将头钻进被窝,把自己藏起来,逃避掉滨外附中的面试。

可现在,她的内心起了一些变化,好像就是这个暑假,特别是认识了老孙头以后,娅娅发现自己似乎对学习有了信心,对一所好学校渴望起来了。

后来她又认识了逸宙,她发现逸宙身上有一种韧劲和自觉,要做的事一定会锲而不舍,这也感染了娅娅。

"我有什么优势呢?"娅娅很困惑,"逸宙的优势很明显,数学竞赛获过奖,是足球队队长,又有支教的经历。我呢?我的优势在哪里?"

"我研究过那所学校,他们非常注重学生的综合能力。成绩之外,数学和体育的优势,音乐和绘画的特长,还有沟通和组织能力,都是重要的砝码。娅娅,你的艺术感觉,还有你的亲和力,应该有机会为你加分的。"老孙头说。

娅娅有点儿心动了,她好像又看到了一点点可能性。她和逸宙约好了,好好准备,一起去冲刺一下。

这样的时候,程程会做出事不关己的样子。幸好,妈妈在升学这件事情上,对她没什么要求,她可以多出许多时间,在网络上驰骋。

于是,娅娅比以前用功了,这次不是装给妈妈看的。娅娅是真的意识到,一所好学校是值得自己好好准备一下的。她决定全力以赴了,如果不成功,也就没有什么遗憾了。

当然,虽然功课很忙,但三个女孩无论是在学校,还是在小区里遇到时,总会抽出几分钟畅想一下明年暑假,聊几句微信公众号上的评论,说说"蔚蓝计划"的进度。似乎有这样一个计划在,心里藏着一份惦记和希冀时,紧张的学习就不会太累,生活也有了盼头。一切,就都可以扛住了。

关于公众号,程程有些得意。对于"蔚蓝计划",网络确实发挥了意想不到的作用。

世界上的事情就是这样。因为过敏体质,妈妈将程程严格限制在她目力所及的范围里,程程却因此迷上了网络。她学会了在那个虚拟的世界里了解外界、发出自己的声音,也找到了知己和粉丝。

于是,程程比她的同龄人要更关心网络上出现的新玩意,微信公众号、小程序、抖音什么的,她都是第一时间注册,然后研究把玩。反正妈妈对程程的升学没什么特别的期待,妈妈就希望她在家门口、在自己眼皮底下读书升学,近一些,少一些路上的奔波,就可以了。

这样倒好,完成学校的功课,她不用再参加额外的补课。空闲时间多,她就用来写文案、挑选音乐、作图,把每一篇微信公众号文章都精心打磨,倒是做出了一点儿名气,粉丝数也日渐上涨了。

音乐猫阿波罗自然成了公众号里的主角。阿波罗吃饭、睡觉的照片,还有跟着音乐起舞的视频,被许多人点赞。暑假里有一段时间,娅娅和程程配合,一个弹钢琴,一个拉小提琴,一会儿是《梁山伯与祝英台》,一会儿又是《春之声圆舞曲》。她们把阿波罗对不同音乐的反应录下来上传到抖音,小视频被不断转发出去。

这一段时间,云南的风景、西南联大的故事、关于教育的话题,还有老孙头说的一些"金句",也被程程编辑成了一篇篇公众号文章。她越做越熟练,越做越有成就感。可是,她精心准备的关于滨海市和大海的文章,居然反响平平。

程程很诧异,潜下心来研究后发现,看她的公众号的,大多是生活在城市里的同龄人。他们对这样的生活太熟悉了,所以,即便那些图片再精美,引用的古诗和音乐配合得再恰到好处,也引不起多少共鸣。

一个人,大概对已经习惯的生活,总是感受不到其中的美好和妙处,反而会去羡慕别人的生活吧。

那些大山里的故事,杜鹃、兰草、菌菇,还有那里新鲜的空气、蔚蓝的天空、茂盛的植被……每次逸宙说起这些,程程都很激动,这些是她不熟悉的生活,因为距离,显出别样的美。

特别是逸宙带回来的一幅画引发了她无限的向往,那是一株兰草的水粉画,脱俗的兰草吐露着花蕊,从伸展开的绿色叶子里探出头来,边上还飞着一只蝴蝶。山里还有些什么呢?大山的故事和西西他们的生活,让程程充满了好奇。

程程觉得,网络上的那些同龄人一定也想知道。她试着写了一篇公众号文章,放了逸宙拍的一些照片,想要看看反响。

然后,她有心去网络上查找一些支教的故事,如果不是这个初夏的经历,程程估计不会知道,在世界上的很多角落,有许多这样热心公益的好心人在默默奉献着。

没想到,这一查,她看到了一个新世界。她在网上看到了逸宙去过的那个云南山区的一系列报道,和这些报道一起出现的是一个名字:本报记者柳叶。

柳叶曾经写过一组关于大山里基础教育情况的系列报道,在她的笔下,那里教育资源的落后、学习环境的恶劣引起了有关部门的注意,失学儿童对学习的渴望、他们的淳朴与聪明、志愿者的努力感动了许多读者。程程欣慰地看到,就在去年,精准扶贫政策帮那里建起了一所崭新的学校。

程程发现,那学校的照片和逸宙在微信朋友圈里发的一样。她赶紧将这些文字复制下来发给逸宙。

逸宙很惊讶,她确定柳叶就是柳姨,原来那所学校的背后,还有这样一段故事。

她们算了算,第一篇报道的日期,距离今天已经快十年了,那时候,程程和逸宙还不到两岁。

那时,大山里很落后,家里点的是煤油灯;那里的人,曾经赤脚在大山上走;那里的学校,很破很矮,还很危险……难怪西西说,要感谢妈妈和柳姨她们,还说,小艾他们很幸福。

"逸宙,你看,这上面写着,一些热心的读者,还有一些好心的企业家为学校捐助了很多器材和设备。"

"对,那里有画架,还有电脑和乒乓球台。"逸宙说。

"我有个主意,我想在我的微信公众号里发出一个倡议,也来做一个筹款活动:我们的同龄人每人捐一百元,我们设置一百个名额,邀请他们加入我们的计划。"

"合适吗?"逸宙有些吃不准。

"试试看嘛!"程程说干就干,在公众号里写下了一行字:

蔚蓝计划,让大山里的孩子来看看海,期待你献出爱心,加入我们的团队。

自从回到滨海,逸宙的心里比之前更敞亮了。

大山里的日子,让她见识了大自然的神奇,也体验了最简单的快乐。

这种快乐,和她在苦思冥想后豁然开朗,解答出题目一样,仿佛有一股暖流直抵心底,让她的内心喜悦又兴奋。她知道,这个当口,身体里有一种叫多巴胺的东西源源不断地分泌出来了。

她理解了妈妈为什么每年消失,懂得了那种牵挂和责任。回程那天的情景又一次在眼前闪现。

小艾默默地擦着眼泪,西西将刚刚画好的一幅印象派水粉画送给了她,每个人都来和她拥抱,那种不舍在那些拥抱中感受得很真切,逸宙觉得她永远也忘不了那种感觉。

逸宙心里也是满满的不舍。柳姨招呼大家拍照,问大家西瓜甜不甜,才留下了一张看上去有笑容的照片。

逸宙和大家说,明年暑假,还要见到他们,而且,要一起在大海边再拍一张照片。

那些孩子在和亲人、老师的不断离别中成长,所以,他们不哭,只是隐忍着,露出一点儿不舍和难受。这个镜头给逸宙留下了深刻的印象。

回来的路上,妈妈对逸宙说,一件事情,如果可以一直做下去,就肯定是双方都有收获,是彼此感恩、彼此成就,而不是单方面的付出。

"就像来之前我告诉过你的,对那里的孩子来说,他们满足了对学习的渴望,收获了对未来的憧憬;而我们呢,得到了眼眸的澄澈和心灵的洗涤,收获了一种被需要的情感。"妈妈说,"其实被别人需要,对一个人来说,是很重要的。"

逸宙不断回味着妈妈说的话。她发现,在那个"虫的世界"

里,当物质不太丰盈、生活简单时,人们的心灵反而更容易打开。在大山的怀抱里,人与人之间的交流反而变得容易,热情会被充分激发。当一个人被那些孩子需要的时候,确实会从心里生发出一种力量——一种希望帮助别人达成愿望的力量。

想让西西他们来滨海的心愿,就是在那样的时候盘桓在逸宙脑海中的,久久不散。

逸宙觉得,既然做出了承诺,就要努力去兑现。

第十三章

面试的收获

滨海市位于中国的东南角,纬度偏低,温度偏高。滨外附中坐落在滨海市的东部,面朝大海,地理位置十分优越。十月,正是桂花飘香的季节,一阵秋风过后,整个街道都被那种甜丝丝的桂花香味笼罩,特别迷人。

这是最好的季节,深秋的落寞还没开始,只要白天的阳光一洒下来,桂花的香气就会飘荡起来。树叶渐渐泛出了金黄色,特别是银杏树叶,仿佛被阳光涂抹过一般,在蔚蓝色的天空的映衬下,煞是好看。

一大早,娅娅家里很热闹,像是要去秋游,又像是临战前的准备:奶奶做了娅娅最爱吃的葱油饼;妈妈在衣橱前踌躇,不知道娅娅穿哪件衣服才可以更突显内涵,给面试老师一个好印象;爸爸一大早就下去移车了,娅娅住的小区车满为患,必须早点将车移出来,才可以保证不迟到。

娅娅可以感受到,大人们虽然什么都不说,但还是挺紧张的。

娅娅倒没他们紧张,面试通知上说,不能带任何东西,除了一张学生证,手机也在禁带之列。于是娅娅决定轻装上阵。为了表现自己的轻松,临走前,娅娅对阿波罗说:"你要不要再听我弹一下那首《回忆》?"阿波罗乖巧地跳到钢琴盖上,喵呜喵呜叫了两声。

娅娅抬手看一下手表,时间挺早的。她翻开琴盖,坐在了琴凳上,阿波罗在那一个刹那,已经从琴盖上跳到了娅娅身边,用头依偎着娅娅的后背,两只爪子还攀住了娅娅的衣服,像一个懂事的小公主,特别可爱。

娅娅安静了一会儿,两只手在琴键上舞动起来,立刻,房间里传来行云流水般的音乐,阿波罗好像也沉浸其中,偶尔会摇一下尾巴,表达自己的欣赏。妈妈拿着一件蓝白相间的连衣裙站在一边,看着眼前的一幕,停住了脚步。她站在门外,静静地听着,不敢打扰了此时此刻的那份和谐与美妙。

最近,娅娅感觉到了妈妈的克制:饭桌上、临睡前,妈妈的话

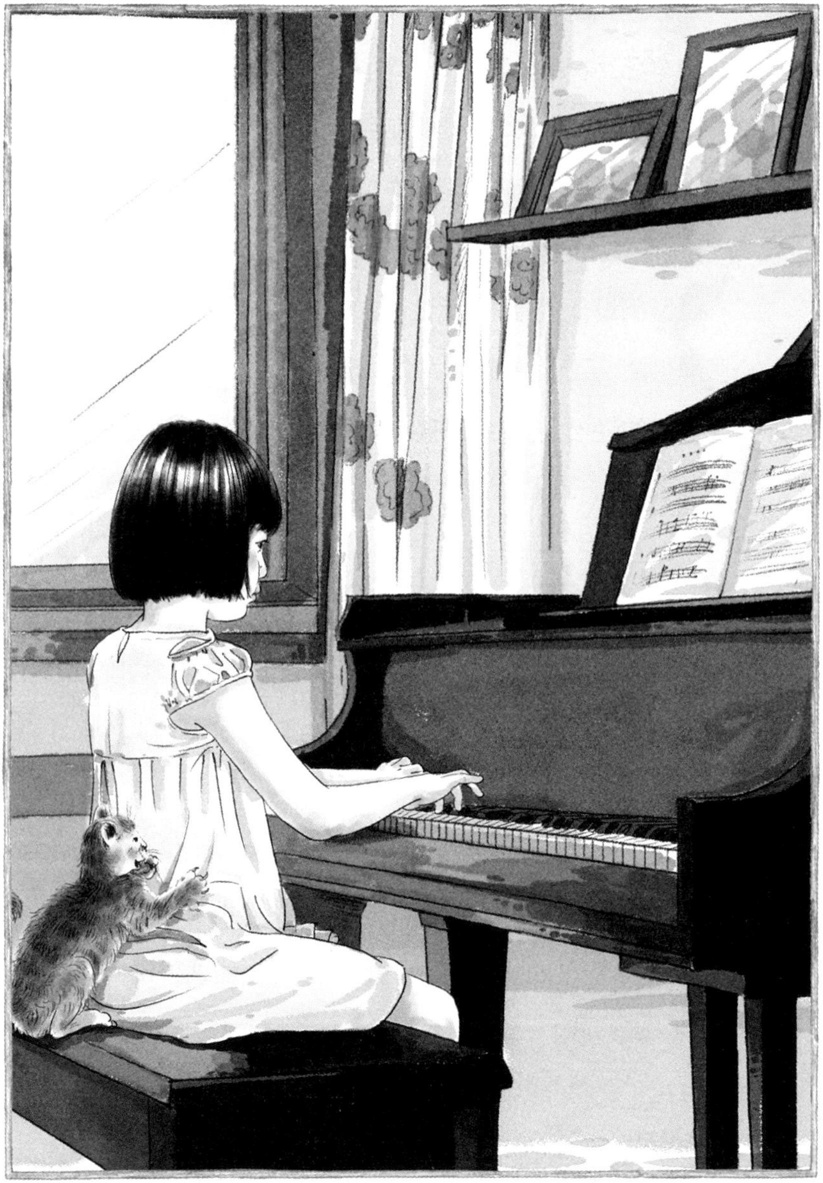

题没了面试和小升初,取而代之的是阿波罗和奶奶,娅娅甚至有点儿不适应。

当然,妈妈不是偃旗息鼓。有的时候,娅娅会在微信里看到妈妈发在朋友圈的面试技巧,这让娅娅知道,妈妈还是关心自己的,不过是学会了"曲线救国"。

娅娅明白,妈妈的不语,是为了给她一个宽松的环境,其实妈妈还是蛮紧张的。有几次,娅娅悄悄上了妈妈常逛的那个教育网站,那里有无数妈妈留下的经验教训和焦虑紧张的情绪,铺天盖地。妈妈说过,那种网站,万不得已最好别去看,会吓死人的。

当然,去看看也有好处,那里有实战经验,很多家长在网站上讲,面试最看重的是参加各类竞赛的成绩,竞赛成绩中首先被看重的是数学,其次是英语。竞赛之外,考虑的是一个人的爱好和兴趣,还有性格和表达能力,娅娅觉得每一条都是为逸宙设置的,而自己好像就是去"打酱油"的。

那么,就坦然面对,有啥说啥,把自己的优势展示出来吧。可自己的优势是什么,有什么值得展示的呢?娅娅没想明白。

不管娅娅想没想明白,面试的日子还是来了。

一曲奏罢,娅娅伸出手掌抚摸一下阿波罗的背,说道:"我今天要去面试,你说,我会有好运吗?"

"喵呜,喵呜。"阿波罗轻声叫道。

"哈哈,借你吉言。等我回来好好犒赏你哟。"娅娅笑了,和阿波罗相处了几个月,娅娅能分辨得出它的叫声。肚子饿了,吃饱了,想听音乐了,或是心满意足了,它的叫声都会有一些不同。娅娅觉得,这次,阿波罗是在为她加油。

娅娅抬头看看妈妈,不错,妈妈选的这件衣服,也是自己喜欢的。她脱下家居服,开始换衣服,一边换,一边对妈妈说:"阿波罗说,我可以的。"

"不要有压力,还有很多好学校的,你就当是去积累面试的经验吧。"

"妈妈,你放心,老孙头说,尽力而为,然后嘛,听天由命。"娅娅觉得还是要安慰一下妈妈,"老孙头的意思是,要尽可能让别人看到自己最好的一面,这个叫尽力而为;别人是不是能欣赏,就听天由命了。"

"什么都不想,不紧张就对了。"妈妈刮了一下娅娅的鼻子,"我不去了,你爸爸送你,我和奶奶在家做好吃的,等你回来。"

上个星期,吃晚饭时,娅娅说起逸宙,说她奥数比赛拿的一等奖,绝对是进滨外附中的敲门砖;说她还会踢足球,身体灵活,有运动细胞,网站上说,体育好的学生会被另眼相看;再加上,人家今年刚去了云南做公益……

娅娅的用意,是想看看家里人的反应,妈妈和爸爸居然一齐说:"每个孩子都是天使,我们家的娅娅也是。"

娅娅就不吭声了。

好在今天有逸宙陪着,她心里没那么发怵。娅娅猜想,逸宙应该会穿红色,这家伙好像有点儿迷信,一直说红色是她的幸运色。

果然,一抹红色就在楼道口等着。娅娅几步快走,迎了上去:"我就知道你会穿红色。"

"你穿这个好看,印象分很重要。"逸宙看看自己,又笑着说,"我嘛,红色一直是我的幸运色。"

两个女孩,一红一蓝,钻进了娅娅爸爸的黑色小车里。星期六的早上,马路上很空,不过二十分钟,就到了滨外附中的校门口。那里已经聚集了不少人,两个女孩和娅娅爸爸道一声"再见",就走进了人群中。

一阵风吹来,空气里有了一丝咸腥的味道,娅娅望一下不远处的海,仿佛被海风感染了。她看看手表,说:"走。"

逸宙朝娅娅点点头。两个人穿过人群,朝学校的走廊走去。走廊布告栏里,贴着今天面试的安排通知,娅娅和逸宙很快找到了面试的教室。

502 教室。

坐在教室外等待,是最熬人的。娅娅看到走出来的同学,有满面笑容的,也有面无表情的,还有在走廊里小声嘀咕的。娅娅故意不去听他们说了什么。她闭起眼睛,想想阿波罗神秘的祝福,嘴角不由得浮出了笑容。

教室门打开了,终于轮到娅娅了。

娅娅迈着轻松的步子走进教室,迎面坐着一排老师,当中那个清瘦的高鼻子外国人,大概就是传说中的首席面试官杰瑞了吧。娅娅好奇地看着那几位老师,他们的脸上几乎没有表情,看上去挺严肃的。

"介绍一下你自己,简短一点儿。"一位声音很好听的老师说,一边还在纸上写着什么,然后,他改用英语说,"记着,要用英语介绍。"

娅娅知道要用英语。自我介绍,她当然事先已经做好准备。

她开口说起来,语速极快,心里想着在家对着镜子练习自我介绍时,阿波罗总是好奇地看着她,像一个耐心的听众。她不由得笑了。

有两位考官又分别出了两道题目,不需要娅娅用笔做,只要说一说思路就可以了。

娅娅一看,第一题还好,早几天还向逸宙讨教过,她看老师边听边微微点头,就及时"刹住车"不再往下说了。但第二题,娅娅完全没看懂,她心里喊着"糟糕",有几分钟,脑子甚至一片空白……

"好吧。还有两个问题需要用英语回答。第一,请向我们介绍一下你的家庭成员,说说你们之间的趣事。第二,简历上写着你的爱好是美术和音乐,请就你的爱好说说你的感悟。"杰瑞抬起头,看着娅娅。

做题不是她的强项,这在她的预料之中,而面试,是与人沟通,这个娅娅还挺擅长的。她在家里准备了许多关于学习的问题,比如为什么要进这所学校,自己的能力是什么,对初中学习的期待等。可杰瑞的提问,完全跳出了她的准备范围,娅娅的心开始扑通扑通地加快跳动。家庭成员?感悟?该怎么回答呢?还要用英语说……

娅娅急中生智,忽然想到了阿波罗,它应该也算家里的一员吧。娅娅在心里盘算,其他人遇到这个问题,估计说的都是爸爸妈妈,那么,我就来说说阿波罗吧。

她的嘴角漾起了笑容,礼貌地问道:"老师,我可以说说我家的阿波罗吗?"

"阿波罗?"对方重复了一下,显然没有听明白。

"对,阿波罗是一只可爱的音乐猫,是我们家的一员。"娅娅点点头,"我们家里,除了爸爸妈妈和奶奶,还有阿波罗,它是我的邻居程程在小区里发现的一只流浪猫。可程程妈妈不让她养小动物,奶奶知道了,就收留了它。阿波罗来我们家三个月了,它太可爱了,是我最好的动物朋友。"

"是吗?"杰瑞笑着问,"那你来说说,它怎么可爱了?"

娅娅大概忘记了她在面试,忽然兴奋起来。关于阿波罗,她可以说的故事太多了。她索性撇开英语,用流利的中文和面试老师聊天,从她喜欢的古典音乐,说到她已经可以弹奏的贝多芬《梦幻圆舞曲》,她甚至说到音乐剧《猫》中的《回忆》,说了阿波罗对这首曲子的反应。

"阿波罗是一只有灵性的猫,特别喜欢音乐。每次我在练琴,它都会安静地待在琴凳上陪我。它最喜欢听音乐剧《猫》里的那首《回忆》了,只要一听到我弹奏这支曲子,它的身子就跟着摇晃起来。你们想看看吗?程程把它发到抖音上了,哦,不好意思,我没带手机。呀……"娅娅忽然意识到,自己现在是在面试,她立马收起眉飞色舞的表情,吐了下舌头说,"对不起,我继续用英语回答哟。"

"没关系。"杰瑞饶有兴趣地看着娅娅,"你继续。"

"阿波罗吗？不,不,我还是先回答第二个问题吧。关于感悟,我想说说我的另一个爱好——画画。我看到过一幅特别棒的水粉画,是一个女孩画的,她叫西西,住在云南大山里。我看到过她画的兰花,笔墨不多,却将兰花的高贵、淡雅都表现出来了,很有味道。我觉得她画得特别棒,因为西西画的不仅仅是她眼前的花草,更是她心里的风景。我觉得,这就是兴趣的魅力。西西喜欢去大山里写生,她就在这个不断写生的过程中,捕捉到了心中的感悟,再将它们都展现在纸上,画就有了灵气。我在画猫的时候,也曾经有过这种感受……"娅娅一路像乘着"无轨电车",等她意识到自己又要跑题的时候,她又吐了一下舌头,将话题拉了回来,"不好意思,我是不是跑题了？其实,其实我是想说,不管是美术还是音乐,只要沉浸进去,都能让人享受到其中的乐趣,我真希望这样的日子还可以延续下去,唉……"

"为什么不能延续？"有老师问。

"还不是因为小升初太重要了。妈妈说要按下暂停键,先把时间留给英语和数学,她特别希望我考进你们学校呢。"

"哦,那我倒要问问你,你对我们的学校了解吗？"有老师问。

"当然,滨外附中的录取分数线非常高,可以考进来的都是很棒的学生。听说只要考进这所学校,未来一片光明。"娅娅发现自己完全跑题了,不是在面试,而是在聊天,而且聊得很尽兴,似乎没能力将话题拉回来。

"哈哈哈哈哈……"所有的老师都笑了起来。

"我说得不对吗?"娅娅问。

"你没说错。"杰瑞笑得最大声,然后说,"可是,你是只知其一,不知其二。你倒说说看,一所好学校,最重要的是什么?"

"好学生呗,我妈妈说,学校好,学生就好。所以,她希望我可以接近那些好学生,近朱者赤嘛。不过,我奶奶不这么看,我奶奶说,不管读书还是做菜,道理是一样的,要真材实料,还要懂得分寸和火候。我奶奶的意思是,一所好学校,也是要和人相配的,我奶奶觉得'天生我材必有用',不用着急的。"

"哈哈哈哈哈哈……"又是一阵大笑。

"娅娅,你是叫娅娅吗?"杰瑞问。

他见娅娅点点头,就继续说:"回去后,你把你觉得最好的演奏视频和画选一选,通过邮箱发给我们。还有,你的阿波罗,后面还会有什么精彩的故事,你不要忘记发在抖音上哟,我会去关注的。好了,你的面试结束了,你可以走了。"

"结束了?"娅娅如梦初醒,"我、我没有说错话吧?"

"没有,没有,你挺可爱的。"杰瑞最后说,"记住了,不管音乐还是画画,我希望你能坚持下去。如果你有机会来我们学校,你一定能继续培养自己的兴趣,并展示它们的。哦,你说的西西,是叫西西吗?她如果明年来滨海,欢迎她来我们学校走走看看。"

"真的吗?那我替西西先谢谢您啦!"

娅娅走出教室,甚至想不起来自己刚才说了些什么。不过,有一点她看到了,所有参与面试的老师都抬起了头,记住了她。

走出教学楼,没看到逸宙,娅娅便站在走廊尽头等她。她心里又开始发虚,刚才自己都说了点啥,好像都和学习、特长没什么关系,那可如何是好啊?无聊地等了二十分钟,终于看到一个红色的身影从教学楼"飘"了出来,娅娅好像看到了亲人一样,张开双臂跑了过去。

"你怎么才出来?快说,他们问你什么问题?"娅娅紧张地问,"我可能考砸了。"

"面试又没标准答案,怎么会考砸呢?"逸宙说,"他们前面先问了我几道题的思路和解法,后来我就说起了我的兴趣,还有'蔚蓝计划'……你呢?"

"对,也考我题目了,可是,后来我在说阿波罗和音乐,还有西西,会不会文不对题啊?"

"你说到西西了?"逸宙说,"难怪,那个杰瑞说他想见见西西,我还纳闷呢。他还说,现在的技术可以将滨海学校的课程送到大山里去,如果有兴趣,可以去找他。"

"哇,看来杰瑞已经打算要你了,才会说让你去找他,逸宙,你太厉害了!"

"拜托,你抓一下关键点好吗?"逸宙笑着摇头,"我是想说,如果'蔚蓝计划'可以增加一个送课程去大山的项目,那么,邀请西西他们过来,西西就无法拒绝了。"

"对呀,滨外附中的课程送到大山里!这个不要太牛哟。杰瑞真的这么和你说的吗?看来杰瑞没有传说中那么可怕,他也和我说,要我将拿手的演奏视频和画发给他看呢。"娅娅问,"接下来怎么做?我和你一起完成吧。"

"我留了杰瑞的电话。走,我们去兜一圈,机会难得。杰瑞说,学校里有个人工智能实验室,走,我们去看看。"逸宙说。

"逸宙,我忽然发现,我们和这所学校,蛮有缘的啊。"娅娅挽着逸宙的胳膊,"不过呀,碰到我妈妈,你可千万别和她说我面试的那些细节哟,免得她胡思乱想。唉,这学校真漂亮,我好喜欢,我应该早点做好准备的。"

两个女孩,迎着太阳,消失在学校操场的尽头。

第十四章

空谷幽兰

期中考试后的一个周六,三个女孩终于可以稍微放松一下了。她们聚集在娅娅家,午后的暖阳照耀在娅娅的小房间里,三个女孩倚靠着小床,说着"蔚蓝计划"的进展。

逸宙告诉她们,没想到面试过了不多久,滨外附中那个杰瑞就派人和她联系上了。而且,他本人还出现在了老孙头家里。

原来杰瑞曾经在老孙头教书的那所大学读研,老孙头是他的恩师。

杰瑞每年的教师节都会来看老孙头,没想到在老孙头的客厅里,他看到了小黑板上写着的"蔚蓝计划",联想到面试那天两个女孩的话,就将它们联系在了一起。

他主动和老孙头谈起了那个远程教学课程的项目。老孙头很兴奋,如果可以送课程去大山里,只要解决网络的问题,大山里教学资源匮乏的难题就迎刃而解了。

"结果呢?"程程问,"这个确实方便,网络课堂是很厉害的,我就在上面学过很多课程,足不出户,一切都在掌控中。"

"他说要回去争取一个什么项目,让我等他的好消息。这不,后来就期中考试了,我就没再联系他。不过,我觉得有老孙头,应该可以吧。再说了,那个杰瑞看上去蛮靠谱的。娅娅,对吧?"

"对呀,那你还不主动去问问?"娅娅凑上来说,"难怪我奶奶说,在老孙头家看到一个讲中国话的外国人,说的就是杰瑞吧。"

奶奶正好走进来,手上端着盘水果,听到娅娅叫她,就问:"怎么提到我了?快吃点水果,老孙头让我来叫你们上楼呢。"

娅娅抚摸着阿波罗:"奶奶,您上次不是说老孙头家来了个外国人吗?我们正说这个呢,这个人我见过。"

"对呀,老孙头说,那个外国人今天要去他家,让你们也去呢。"奶奶说。

"奶奶,您怎么不早说?!"三个女孩坐不住了,连水果也不吃了,起身就往外跑。

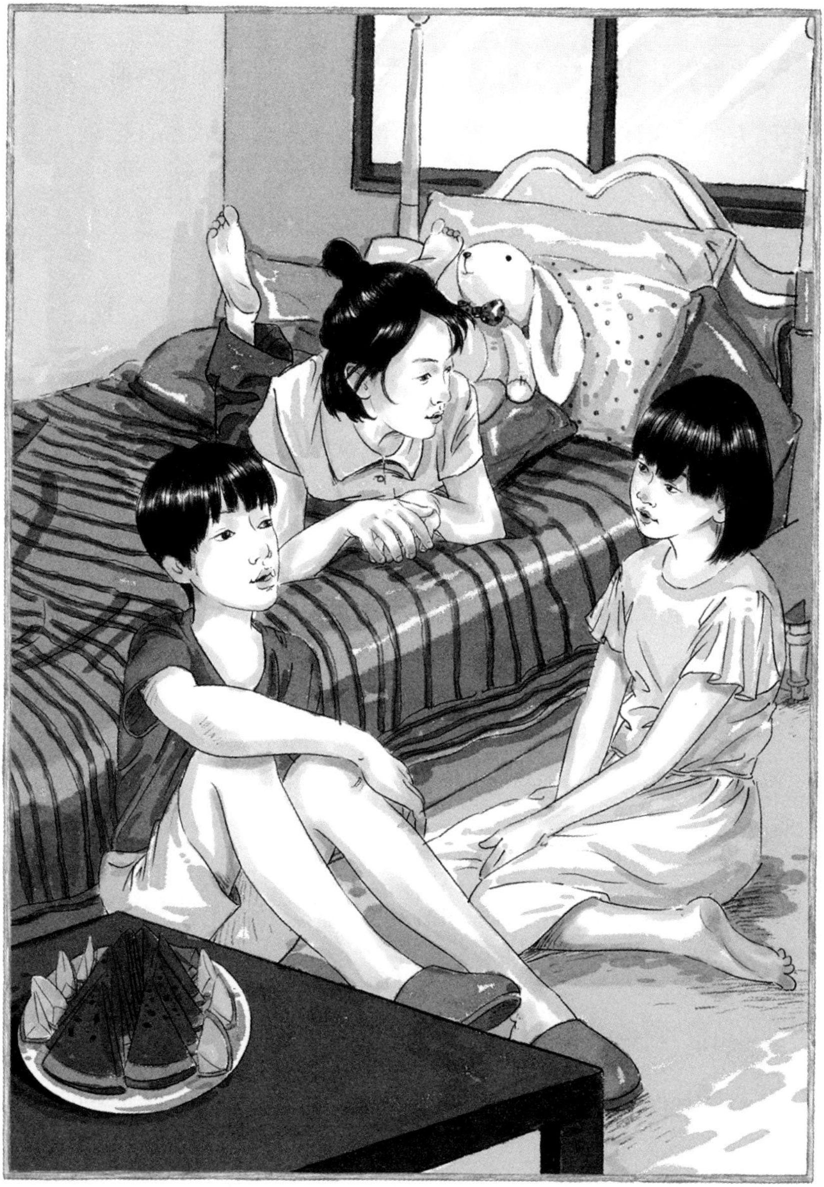

才进老孙头家的门,就看到那块小黑板上写得密密麻麻的,老孙头很投入,他列出了"蔚蓝计划"的实施重点,每周都在推进。

"哇,老孙头,您的小黑板要写不下啦。"娅娅叫了起来,"又有进展了?"

"来啦?好事。'蔚蓝计划'可以增加一个项目了,哈哈,我们可以让西西他们带着课程回大山了。"老孙头说,"逸宙,杰瑞是来找你的哟。"

三人这才发现,杰瑞也在。他说,项目组开过会了,这个项目正式立项,还获得了政府的资金支持。接下来,要完善项目的细节,了解学校的需求,设置课程,录播课程……老孙头建议,可以找逸宙妈妈了解需求,她去大山很多年了,有经验。

"我们学校有很多优秀的老师,但需要了解的是,大山里的孩子最需要什么,我们第一批课程做什么。到时候,想邀请孙老师当总顾问,帮着策划和完善课程呢。"杰瑞说,"十年支教,不容易啊。逸宙,我想见见你妈妈,和她好好聊聊。我也想去那里看看呢。"

"可以呀,妈妈和柳姨她们,做了蛮多事。我之前也不清楚,还是程程从网上看到的。"逸宙有点儿骄傲地说,"对了,画画,他们需要这样的课程。"

说定了这个,老孙头开始和他们讨论小黑板上的计划:

可以带大家去坐坐地铁,看看城市的面貌;

听说暑假会有国际乐团的巡回演出,可以请他们去听一场音乐会;

当然,最好可以到我们小区的家庭生活一天;

还有,小艾和西西喜欢画画,有没有好的画展带她们去看看?

大家七嘴八舌的,忽然,老孙头叫大家安静些,对着杰瑞说:"我还有个提议,你必须答应我。"

"孙老师,您请说。"杰瑞说。

"可以把那些孩子看海的日子,与滨外附中的参观放在同一天。滨外附中就在大海边上,杰瑞啊,到时候要去参观你们学校,你必须敞开大门接待他们哟。"

"是呀,那个人工智能实验室,可以去看看吗?"娅娅问,"那天我和逸宙就只在门口张望了一下。"

"当然可以。我还想请他们来课程录制的现场呢,那样的话,互动感会更强。"杰瑞爽快地回答。

"我还有个想法。娅娅,去问问你奶奶,那些孩子有没有办法住在我们小区。"老孙头说。

"这个主意好,奶奶一定会有办法的。她现在是居委会和业主委员会的成员呢。"娅娅点着头说,"我回去就和她说。"

夕阳渐渐退去时,在老孙头的房间里,大家都沉浸在对未来美好的期待中。逸宙想到了大山里的那株报岁兰,它虽然静悄悄的,无声无息,但总有开花的那一天。她在心里默默地对西西和小艾她们说:"你们等着哟,事情正向着美好的方向行进呢。"

这段日子,程程的微信公众号成了发布"蔚蓝计划"的重要平台。令她没有想到的是,这个计划的反响不错,下面留言的人不少,有出主意的,有要提供捐助的,也有转发的,热度始终不减。

最出乎意料的是,她策划的那个一百个同龄人每人捐一百元的募捐活动,很快就招募满员了。

其中有一个人留言说,从那些大山孩子的画中,他收获了一份心灵深处的感动,感受到了质朴的美。他相信这样的感动,可以带给城市里的人更多的思考,所以,他想让这些画被更多的人看到。

过了一段时间,那位留言的人又给程程发了一条私信。

留言人:我们在办一个画展,想邀请你的朋友参加,不是一个,而是一群,你可以帮忙联系吗?

程程:在滨海吗?

留言人:对,我们本来就在筹备一个画展,看到你的微信公众号,受到启发,想加一个特展区。可以找时间聊聊吗?

程程很激动,网络的无限魅力正在这里。她赶紧将那个留言发到了"蔚蓝计划"的微信群里,并且"@"娅娅和逸宙请她们也关注,没想到,平时回复得非常快的娅娅,好像不在线,倒是逸宙很快来了回复:

"好消息,先找小雷阿姨问问,她一直关心西西和小艾她们的画。"

画展!如果西西的画可以来参展,那不是多了一个西西来滨海的理由吗?

逸宙的眼前,浮现出小雷阿姨带大家去山上写生时的画面。

那次,写生的题目是:大山的眼睛。

那个上午,小雷阿姨说,大家可以自由选择看山的角度,坐在操场上仰望,走进山里近距离观察,或者爬到山顶俯视,都会有不同的发现。孩子们都很好奇,他们从没想过山可以从不同的地方、不同的角度去发现、去解读,也没有谁带着他们去发现细节、感受光线和颜色带来的不一样的韵味。

逸宙和小艾坐在了操场上,仰望远处层层叠叠的山峦。坐在这里,可以看到云彩在山的空隙里钻进钻出,山的层次分明,深绿浅绿掩映其中。那一天,时间像停滞了一般,慢慢在画笔和色彩间游走,画架上的勾线完成了,色彩添上了,奇妙的事情在慢慢发酵。

小雷阿姨先是跟着一些孩子上山去了,过了好久又转到操场上来。她的脸上挂着欣慰的微笑,不断地说:"不错,不错。"

下午,当所有的孩子回到学校的走廊边,那些画被一溜儿排开斜靠在墙角的时候,逸宙有些不敢相信自己的眼睛。那些色彩和构图,真的是没有经过专业培训的人画出来的吗?小雷阿姨在每一幅画前驻足,不断问画画的孩子怎么想的,为什么用这个颜色,这个是看到的还是想到的。

逸宙画了幅山水画,用了淡雅的绿色和青色,和小艾那幅色彩浓艳的画形成鲜明的对比。小雷阿姨将两幅画放在一起,仔细端详,同样的角度,在两个人的眼睛里,会有完全不一样的表达。

小艾的画里,枫叶的红和银杏的黄占据了画面的大部分,这些都不是夏天的景色。小雷阿姨好奇地问她:"这个是你们这里秋天的景色吗?你喜欢秋天?"

小艾点点头:"这个是妈妈喜欢的颜色,妈妈说,等枫叶红了,她就回家了。"

小雷阿姨没再多问,走到另一幅画面前,打量着。逸宙注意到,那一幅画画的好像是一个树桩,像极了树的眼睛。

"这是什么?"小雷阿姨问。

"时间。"一个女孩说,"多一圈就多过去一年,妈妈说,等这里有十圈了,我就可以跟着她出去看世界了。"

"我把这幅画拍下来,发给你妈妈看看好吗?"逸宙的心里有些酸楚。

女孩马上露出欢欣的样子:"谢谢红衣姐姐。"

"西西,你这是画的什么?"小雷阿姨走了几步,在一幅画前停住了,逸宙也跟着过去。眼前的这幅画,很抽象,好像都是色块的叠加,不过,那些颜色,搭配得让人心里挺舒服的。逸宙记得图画课上,老师讲西方美术史的时候,提到过印象派,逸宙不怎么喜欢历史,听得稀里糊涂的,没想到在这里遇到了这样的画。

"小雷老师,我用印象派画法来描绘心中的森林,那里不仅有浓郁的绿,也有淡雅的蓝,只要闭起眼睛,我就可以感受到大山深处的安静。那种安静里,有一种力量,我觉得应该叫'厚积薄发',我特别喜欢,想用这几个颜色和色块来表达心里对大山

171

的爱。"

"太好了!"小雷阿姨大叫起来,"西西,我觉得你真正走进画里的世界了。"

"我好像从眼前熟悉的风景里看出了其中的深邃,画的时候,一切就是得心应手的。"西西点点头说。

"西西,我懂。就像我喜欢的足球,规则虽然简单,却可以演绎出激荡人心的瞬间。"逸宙跟着发出感慨。

小雷阿姨笑了:"很有道理。你们知道吗?世界非常玄妙,但也非常简单,正是这样的简单,带来了纷繁和美丽。我常常想,这个世界上的每个孩子都是天使。你们是一样简单,也是一样美丽的。你们的内心,有一样的潜质,等着我们去打开、去发现。所以呀,你们都要对自己有信心哟。"

那天晚上,逸宙躺在满天繁星的山坳里,好像一下子长大了。她在朋友圈发了一张西西的画,在下面写道:

大山里孩子的梦想,就像报岁兰一样,简单而美丽。

第十五章

好事多磨

时间过得飞快,五一国际劳动节一过,天气渐渐暖和起来了,毕业考也就近在眼前了。

就在这个当口儿,奶奶忽然病倒了。

娅娅着急地看着病床上方的吊瓶。这已经是今天的第三瓶药水了。爸爸说,等药水到瓶口的时候,要按铃叫护士来换。这会儿,药水已经接近瓶口了,娅娅不敢怠慢,目光一直没离开。

昨天晚上,爸爸陪了一夜。今天是周六,娅娅终于有时间和妈妈一起,一大早赶到医院替下爸爸。

这个星期,娅娅一直处于混乱的状态。那天的情景还在眼前浮现,那么健康的奶奶怎么忽然就晕倒,被送到了医院呢?爸爸有些自责,奶奶的身体并不好,有心血管方面的毛病,还有胆结石和胃炎,都是年轻时太拼命留下的病根。不过,奶奶天性要强,不愿意在家人面前表现出病恹恹的样子,加上来滨海后,精神气色挺好的,大家就都忽略了。

看着奶奶融进了小区,整天在这家那家间穿来穿去,忙得不亦乐乎的样子,全家人都以为奶奶只要开心身体就好,完全没想到她的胆结石会引发胰腺炎。幸亏医生处置果断。胰腺炎可是要人命的毛病,奶奶这一次,算是从鬼门关走了一遭啊。

所以,这个星期,爸爸每天晚上陪夜、白天补觉,工作都放下了。妈妈白天来帮忙,还请了个护工。一开始,两个人努力撑着,可不到一个星期的时间,就都疲惫不堪了。

家里的饭菜当然没人做了,每天都是点外卖或者吃方便面。过了三天,邻居们都发现了异样。先是楼上的老孙头找上门来。

"你奶奶是回老家了吗?"他敲开娅娅家的门问,"她一直在我面前说想念那里,怎么招呼也不打一声啊?"

然后,邻居们就都知道了。

但爸爸和妈妈只说奶奶病了,没将医院和病床号告诉邻居。

药水滴得差不多了,娅娅赶紧摁下了墙壁上的按钮,同时向奶奶看了一眼。奶奶闭着眼睛,她明显瘦了,只过了一个星期,病魔就让她失去了往日的光彩。娅娅的心里有些酸楚,以前只知道让奶奶做好吃的,从来没有想过,怎么为奶奶做点好吃的。

护士来了,麻利地换着吊瓶,叮嘱说:"这瓶药水滴完,让病人喝点米汤,休息一会儿。医生配了新的药,我们在准备呢。"

"可以喝米汤了?"娅娅妈妈问,"好呀,我马上去买。"

妈妈刚要站起来,就听到一个大嗓门儿飘了进来:"娅娅奶奶,总算找到您啦。哎,你们不说,我也有办法找到的,哈哈!"

是居委会的庞阿姨。她风风火火地走进病房才放低声音,手上提着一个保温瓶:"我在小区门口拦住了娅娅爸爸才问出你们在这里。你们忙不过来的,你看,我熬了些米汤,看看,够吗?"

妈妈看着庞阿姨,接过保温瓶说:"谢谢,谢谢!"

"谢什么呀,我告诉你,邻居们都要来看望娅娅奶奶,被我拦住了。娅娅奶奶需要安静,我知道的。我会排好班,让他们一个个陆续来帮忙,不来添乱。这个,娅娅妈妈,你就放心地交给我来办!"

"娅娅奶奶,您醒了?"庞阿姨走到奶奶面前,低声说,"没事,没事了。我问过医生了,已经渡过难关了。您安心养病,我安排好了,您只要配合医生,其他事都交给我。我和娅娅爸爸说了,他只管去上班。我们来照顾您,反正我们都退休了,有时间的。"

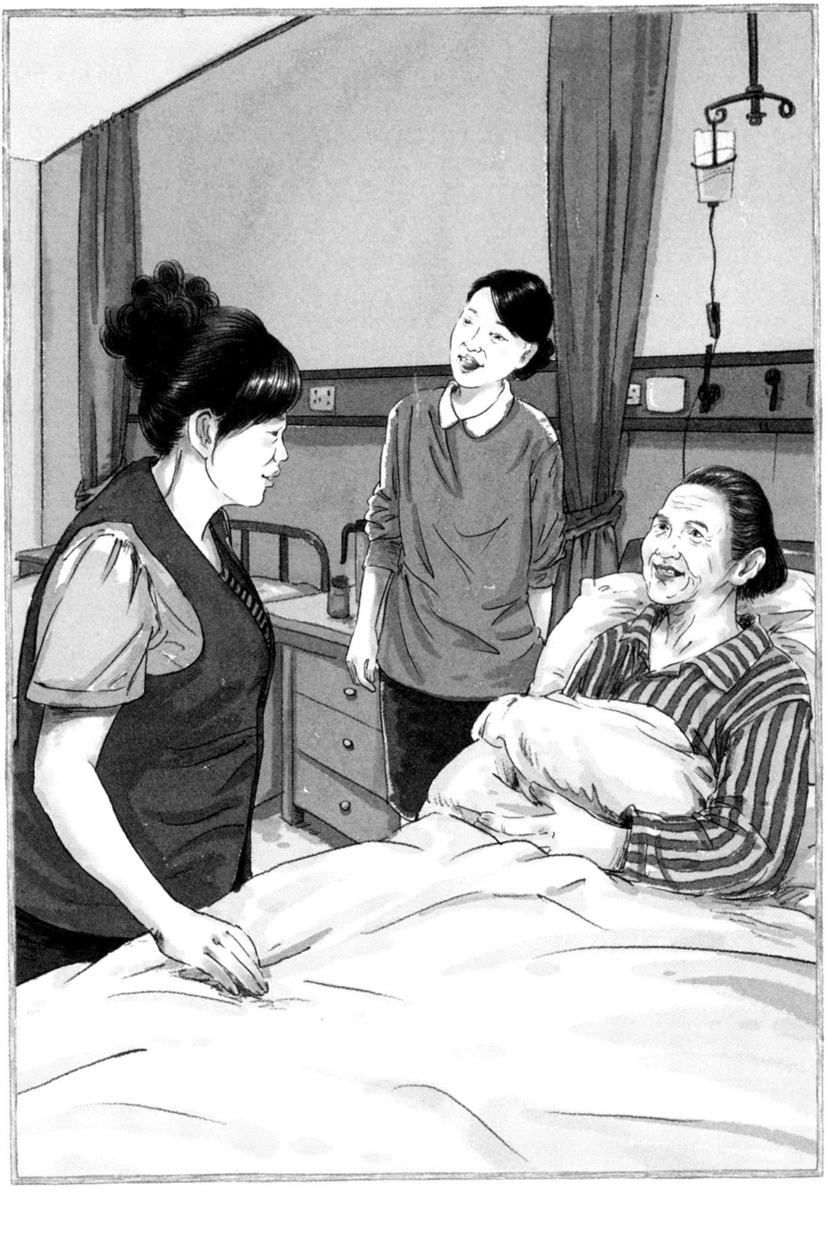

奶奶的眼睛里涌上了泪水,脸上的愁容展开了些。娅娅站在一边,看着庞阿姨,心里想起那次陪奶奶去买菜时候的情景。奶奶刚住院的时候,妈妈曾经感叹,将来等她和娅娅爸爸老了,万一生病该怎么办呢?他们就娅娅一个独生女,就像奶奶只有爸爸一个独生子一样,娅娅到时该多累呀。可刚刚庞阿姨的轻声软语,让娅娅感觉温暖。

庞阿姨说好了晚上再过来,挥挥手走了。

这一天,娅娅就坐在病房里,哪里也不去。她看着奶奶,想到奶奶来的这大半年,家里发生的变化。娅娅觉得,奶奶有一种黏合剂似的力量,挺厉害的。可她看着身边的医生护士忙碌的身影,突然感觉人生好奇怪。医院这个地方,让她内心充满了一种复杂的情绪,是她这个年纪不应该有的一种情绪。

奶奶一直微闭着眼睛,偶尔张开,看到娅娅坐在她旁边,就安心地又闭上眼睛。

输液一直到下午三点才结束,医生过来叮嘱妈妈要观察病人的大小便,还要看奶奶喝了米汤后的反应:如果肚子不痛,就是好迹象。

医生出去的时候,妈妈跟了出去。

娅娅没有动。所有关于奶奶身体的消息,她本能地想屏蔽掉。在家里的时候,爸爸和妈妈悄悄说过,娅娅也装作听不见。

世界上的事情就是这样,当意识到亲人可能会远离时,你会猛然发现自己无限的爱和不舍。爸爸的焦虑、医生严肃的表情,让娅娅心里很不安,她不断为奶奶祈祷,希望一切都会好起来。

奶奶似乎好些了,她让娅娅将床摇起来些,示意娅娅走近,将嘴巴凑在她的耳朵边上。

"唉,我怎么一点儿力气也没有啊?娅娅,你告诉奶奶,我这是得了什么病啊?"

"奶奶,您不要多想,医生说在好转呢,很快会好起来的。"娅娅学着大人的样子说。

奶奶点点头,嘴角露出一丝微笑:"都这么说,可我为什么一点儿力气也没有呢?娅娅,你听奶奶说,奶奶不要男娃了,奶奶知道,你很棒。"奶奶的脸庞上,滑下两行泪水来。

"奶奶。"娅娅的手被奶奶握得很紧,心也跟着抽了一下,"您快好起来,我知道您对我好,我知道的。您休息一会儿吧。"

娅娅懂事地帮奶奶盖一下被子,安静地走到窗前,让自己的心情平复一下。是呀,曾经一直唠叨着要男娃的奶奶能说出这样的话,妈妈听到了一定会很开心的。

妈妈陪着邻居谢阿姨走了进来,谢阿姨的手上还拎着一个水果篮子。

娅娅迎上去,对妈妈说:"奶奶累了,刚刚睡下。"

"没关系,我就看看她,我们轻轻的,不说话。"谢阿姨说。

奶奶许是没有发现来了客人,安静地闭着眼睛。谢阿姨待了一会儿,要走了。妈妈让娅娅送送谢阿姨。

走出病房,谢阿姨对娅娅说:"你奶奶总在我们面前夸你,说你什么都好,娅娅长、娅娅短的。还有就是夸那只叫阿波罗的猫。对了,你们不在家,阿波罗谁喂呀?"

"阿波罗去老孙头家了。"娅娅说。

吃晚饭的时候,庞阿姨又来了,她催促娅娅和妈妈赶紧回家:"交给我吧。下午我在居委会动员过了,大家都很热心,排两个礼拜的班没问题。你们尽管放心。"

妈妈千恩万谢,才与娅娅离开了病房。

回家的路上,娅娅挽住了妈妈,觉得那个懂她的妈妈又回来了。当然,因为奶奶的病,娅娅觉得自己也有了变化,更多地感受到了亲情与爱,原来自己曾经是被那么多人呵护着的,原来爱是那么了不起的东西。

她在心里默默地对自己说,要对爸爸妈妈好一点儿,对奶奶好一点儿,对同学好一点儿。因为如果生病了,世界会有很多不一样。

走到楼道里,妈妈从信箱里拿出了一封信。

"笔试通知?"妈妈一边拆信,一边大叫起来,"娅娅,你面试通过了,滨外附中让你去笔试了!娅娅,我听说面试的比例是20∶1,你太厉害了!快,快,上楼去,把你爸爸叫起来,家里没什么吃的,咱们出去吃点好的。"

滨外附中的面试完毕之后,娅娅又去参加了另外两所重点初中的面试。她知道,升入一所好学校,是她人生很关键的一步,所以她没有放松。爸爸说过,人生总有关键的那几步,要尽力去做到最好。娅娅觉得爸爸的话是对的。

当然,面试过后,她也就决定坦然面对结果了。其实,后来她和逸宙都见过杰瑞,却从来没聊过这个话题。

娅娅觉得神奇,滨外附中的面试过关,这个结果在她的意料之外。看着手舞足蹈的妈妈,娅娅赶紧拿出了手机,一边嘴巴上说着"不会吧,那样的面试也会过",一边给逸宙发了条微信。她意识到,如果她进了笔试名单,那么逸宙肯定也在名单中。

娅娅:笔试一起去。

这也算是一种小小的炫耀吧,此时此刻,娅娅的骄傲快要爆炸了。

"娅娅,快去看看邮件。"一走进房间,妈妈说,"我去叫你爸爸哟。"

娅娅冲进自己的小房间,第一时间打开了电脑翻找邮件,果然有一封发自滨外附中招生办的邮件。

亲爱的娅娅:

我们很高兴在面试的时候认识你,恭喜你进入滨外附中的笔试名单。

我们注意到,你的成绩并不突出,但你的沟通能力吸引了我们。你的不同还在于,你很放松,也很机智。从你的言谈中,我们看到了一个有爱心、有追求的女孩,特别是你对艺术的表述,让我们印象深刻,而这正是滨外附中要寻找的一种禀赋。希望你好好参加笔试,并继续保持你的好奇心,虽然好奇害死猫(开个玩笑)。

顺便问一句,阿波罗,它还好吗?

滨外附中招生办公室

娅娅看了哈哈大笑起来。

"妈妈,爸爸,你们快来,猜猜看,那天面试时最大的功臣是谁?"娅娅想起了那天的场景,笑得前仰后合的,"是阿波罗。"

"怎么回事?"妈妈问。

"走,先找到吃饭的地方吧,待会儿再听娅娅说。"爸爸说。

三个人在附近的一个大商场里找到了一家小店,那里很安静,适合聊天。

点好菜,娅娅回忆起了那天面试的情景,一五一十地和爸爸妈妈描述起来。

妈妈睁大眼睛看着娅娅,好像第一次意识到女儿长大了,有了自己的想法,也有了对世界的看法和对艺术的理解:"怎么没听你说起过啊?"

"我怎么敢说啊?我当时觉得,我完全跑题了。"娅娅笑了,"没想到,那个杰瑞和其他的老师,听了都笑着点头,应该是被感动了吧,不知道我这算不算歪打正着。"

爸爸看着女儿,内心满是怜爱。他夹了一个天妇罗给女儿,说:"不枉奶奶的良苦用心。我能感觉得到,奶奶的那种大爱和友善传给了你。"

"懂了,懂了。大概老师是因为阿波罗才了解了我的爱心,也就是说,奶奶呵护的不仅仅是一只小猫,还有我的未来?!"娅娅忽然大发感慨,"如果奶奶知道了这个好消息,一定会很高兴的。"

"是呀,有那么多的邻居关心奶奶,我真是没想到。看来,奶奶平日真没少帮大家呀。"妈妈说。

"爸爸,奶奶的病要紧吗?今天你们不在的时候,奶奶拉着我的手,问我来着。"

"奶奶已经渡过最大的一个难关了,不过后面还有难关要过,我们不能掉以轻心啊。你奶奶心善,好人有好报,相信她可以闯过去,好起来。"爸爸说。

夜色深沉,街道被一种光晕笼罩着,透出一些神秘。娅娅一手挽着爸爸,一手挽着妈妈,步履轻松地走出餐厅。一切都会好起来的。她在心里暗暗对自己说。

程程总是在做完功课后,就悄悄上网去看看。这天,她正埋头在手机上忙碌,听到背后传来妈妈的声音:"怎么搞的?马上要小升初了,你怎么还在玩?"妈妈站在程程身后,把她吓了一跳。

"妈妈,拜托你进来前先敲个门好吗?"程程抬起头看着妈妈。

"程程啊,我对你的学习没要求,不等于你可以永远待在网络上,是不是?"妈妈手中端着刚洗好的苹果,"我听说逸宙和娅娅她们都拿到笔试通知了。唉,当初应该让你也去试试的。"

"妈妈,你不是说,健康第一,不要求其他的吗?难道现在你的要求变了?"程程听妈妈说起这个话题,心里倒是挺开心的。

在这以前,妈妈对她的要求永远是"这个不许碰,那里不能去",从来都没关心过其他方面。

"娅娅奶奶说得对,通过发育很多毛病都能好转的。"妈妈点着头说,"那个老孙头,我昨天在电梯里碰到了。他居然认识我,知道我是你妈,还一个劲儿地向我夸你呢,说你会摆弄手机,教了他许多技巧,还说,你会将文字和音乐有机结合。我怎么都不知道?"

程程笑得很灿烂:"妈妈,我给你看哟,老孙头说的就是这个公众号。你看,我开了赞赏功能,喜欢的粉丝可以给我打赏转钱。哈哈,我点给你看,这篇有二百九十八元了,厉害吧?"

"什么?程程,这个不可以啊。"妈妈接过手机,忽然紧张起来,"你把这些钱用到哪里了?哎呀,这,都是些什么人给你钱啊?"

程程从妈妈手上抢回手机:"懒得和你说,这个也不知道。你放心,这些钱我一分没用,我们说好了,要攒起来花在西西他们

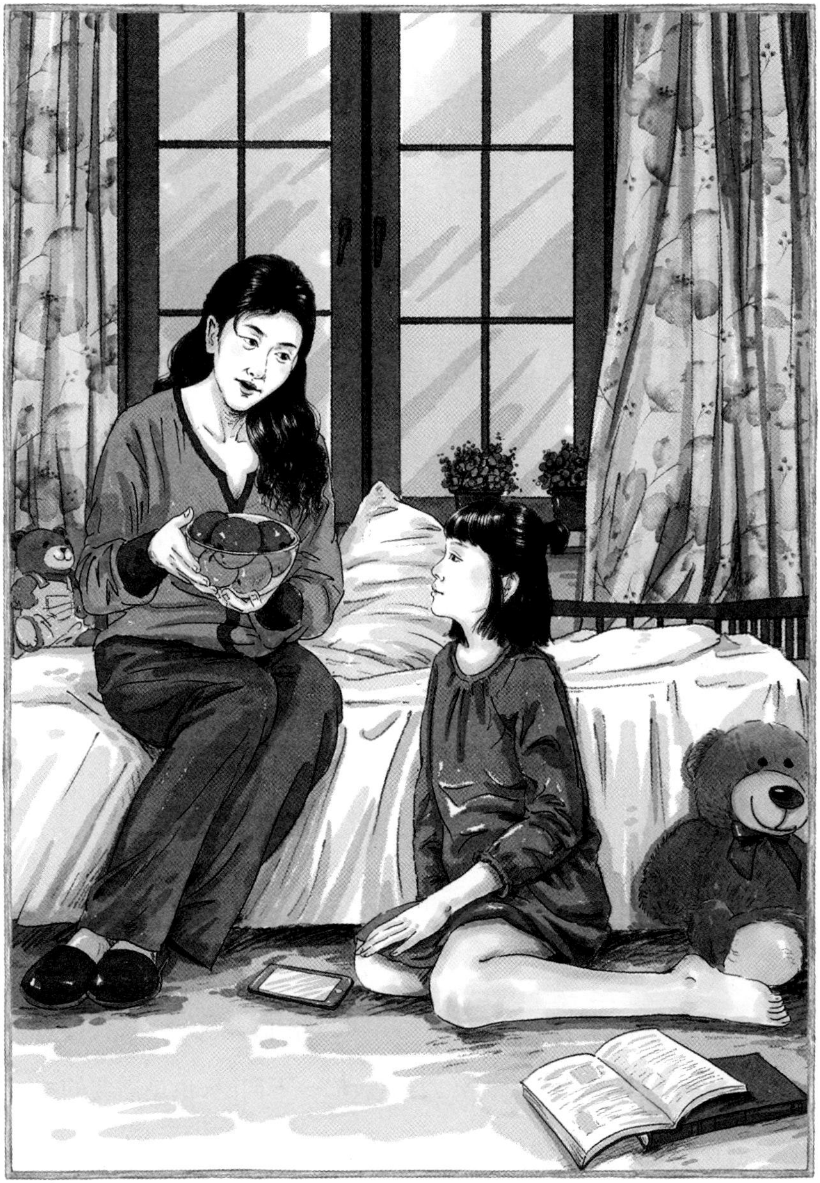

身上。"

"西西,西西是谁? 程程,我是看到你挺忙的,究竟在忙什么啊?"妈妈耐着性子问,"程程,你不要怪妈妈话多,马上就要毕业考试了,小升初还是很关键的。我和你爸爸商量过了,如果你身体吃得消,你也要努力冲刺,考出点水准来。要不,你把手机收起来,先把心思用在功课上,等考完再说?"

"妈妈,这个不矛盾的。"程程没想到妈妈开始关心她的成绩了,唉,妈妈真是得寸进尺,早知如此,那还不如就让她停留在关心自己的身体上呢。

"家门口那个学校,还是一般了点。"

"妈妈,你以前怎么说的,现在怎么变卦了呢?"

"以前还不是担心你的身体吃不消,现在没这个问题了,我当然要关心你的学习了。眼看着别人家的孩子早跑到前面去了。"妈妈自己也笑了。

程程一脸蒙,她发现,妈妈想要掌控自己的那种意识,一点儿没变。

"妈妈,你放心,我心里有分寸的。你要相信,我长大了,我会管住自己的,毕业考试,我会努力,但放松一下自己,也是需要的吧?"程程将手搭在妈妈的肩膀上,像是安慰她,"总不可能一口吃个胖子吧？你呢,要认清现实。"

"程程啊,今天我在微信家长群看到,老师在祝贺逸宙拿到了笔试通知。我问了一下,才知道逸宙好厉害。滨外附中！你和逸宙这么要好,不要老在一起玩手机,你可以多请教她一点儿学习上的事情,我估计呀,她回家肯定在拼命学习,哪像你呀。"

"妈妈！人家逸宙是学霸好不好,你最好不要拿我和她比,否则,你会很失望的。"

可是,不管程程说什么,妈妈就一句话,毕业考试前,一切以学业为重,不许再玩手机了。

程程不知道的是,这个命令,不只是在程程家发布。家长群里,老师的一个祝贺,除了引来大多数家长的羡慕之外,还导致了大家一致的决定:临近考试,一切以学业为重。

好吧,家长的话总是对的。

那么,一切就等考完试再说。

第十六章

宝藏通道

六月,温度一下子蹿得很高,逸宙她们终于迎来了毕业考。虽然,这场考试并不完全与进入中学挂钩,但它预示着小学阶段的结束。小学毕业,是成长过程中的重要阶梯,接踵而至的,就是令人向往的初中生活。

考试结束的铃声终于响了。题目不难,同学们脸上的表情都很轻松。教室里响起了大家的欢呼声,考完了,意味着可以放松心情进入放假模式了。

逸宙和程程跟着人群一起走出考场,有说有笑的,对她们来说,考完了,还意味着一个美好计划的开始。

校门口围了不少家长,他们都拥着脖子朝着教学楼的方向张望。逸宙在人群中寻找妈妈的身影,她发现在妈妈身边还有一张熟悉的面庞——穿职业装的女士居然是小雷阿姨。

一个月前,程程在微信公众号上收到一个好心人的留言,说可以在滨海的一个画展上做个特展区,给大山里的孩子们一个展示画作的空间,逸宙就通过妈妈将这个信息发给了小雷阿姨。

小雷阿姨当时就很激动,她告诉逸宙,为西西他们办个画展,本来在她的计划之中,只是因为太忙了,一直没启动,所以她一个劲儿地夸逸宙她们"厉害"。她当即和画展主办方取得联系,将她的设想和考虑融入那个特展中,还说让逸宙她们放心,后面的事情就全权交给她来完成。

那么,看来事情有眉目了?"有好消息,快走……"逸宙拉着程程朝妈妈那里走去。

"小雷阿姨,让我猜猜……"逸宙看到小雷阿姨,特别高兴,"看到你,我就知道一定有好消息了,对不对?"

"是呀,所以,我就飞来滨海了,接你一起去看看。"小雷阿姨说。"你们几个小姑娘厉害呀!走,要不要和你的小朋友一起去?"看到逸宙身边站着的女孩,小雷阿姨问道。

"哦,这是程程。"逸宙说着又转头对程程说,"这个嘛,是小雷阿姨。那个特展的事情,我就是拜托小雷阿姨的。"

程程问了好,并没打算和逸宙一起走,她用眼睛扫视着人群,很快就看到了自己的妈妈正朝她们走来。

"我和妈妈约好了去宠物医院接阿波罗的。你们去吧,有什么好消息,记得晚上微信告诉我哟。"

"不是还有个娅娅吗?"逸宙妈妈问,"她在哪里?"

"她说要去医院看她奶奶。"逸宙说,"我们分头行动吧,晚上我会把好消息告诉她们的。"

"在哪个美术馆?"路上,逸宙像大人那样问道,"全部搞定了?"

"是呀,挺费周折的。不过,你去看了就知道了。"小雷阿姨笑了,"比我想象的还要好。"

"西西他们会高兴的。"逸宙开心地笑了,"真好!"

小雷阿姨点点头:"真要好好谢谢你的同学。当然,我觉得我们这些年的辛苦也没白费,画和画还是不一样的。逸宙啊,还有件事情要和你商量,西西送你的那幅画,你也贡献出来展示一下怎么样?"

一路上,逸宙始终沉浸在一种说不出的喜悦中。她的思绪飘到了那座林木繁盛的大山里。去年初夏开始的一个愿望,正一步步变成现实,这个过程太迷人了。

说实在的,去年在大山里,和西西说要邀请他们一起来滨海看看的时候,逸宙心里还没仔细盘算过这个计划需要投入多少时间和精力,更别说对这个计划具体的实现方式有什么概念了。如今,看着"蔚蓝计划"在那么多好心人的推动下越发成熟和完善,她觉得,大家志同道合做一件事情的感觉非常美妙。

画展在滨海市西区一个很大的美术中心内,现场还在搭建和布置,显得有些乱。

小雷阿姨从包里掏出了一张证件,又和门卫说了些什么,门卫才放她们三个进去。小雷阿姨带着她们穿过一个个大大的房间,猛然,逸宙的眼前一亮,前面出现了那种深邃的绿色,仿佛一下子将她带回到了大山。

"宝藏通道",房间的上方,用遒劲的隶书写着这四个大字。

逸宙下意识地放慢了脚步,轻轻地走着,轻到好像可以听到树枝被风吹过发出的吱呀声。

一幅幅画作扑面而来,很亲切,有充满童趣的,有稚拙可爱的,也有淡雅成熟的……她甚至可以辨别出哪些是西西的,哪些是小艾和别的小伙伴的,她又想起了小雷阿姨带他们去写生时的场景。

"这个设计和创意不错,你的主意?"妈妈在房间中间的长椅

上坐下,一边欣赏,一边问小雷阿姨。

"是呀,西西画的那一组兰草,放在一起看,再加上这个背景,感觉是不是很特别?正好印证了我的观点。逸宙,你过来看,如果西西送你的那幅画放在这个位置,一路看过来,是不是像穿过了一个时光隧道,一年年向深处扩展,到这里,就仿佛真的来到了一个宝藏通道里。西西真的很有天赋,悟性也高。"

逸宙眯起眼睛想象着,忽然疑惑地问:"宝藏通道?"

"逸宙,我们说定了哟,你那幅画放在结尾,效果就出来了。我呢,认真思考过,这个特展主要就是要表现大山里的孩子天然去雕饰的质朴。他们眼睛里的世界,明净清澈;他们的画里,有意想不到的一种美……没错,那些孩子的身体里都有一座小小的宝藏,而要去打开寻找宝藏的通道,画画就是一个好的方式吧。我都快激动死了。"小雷阿姨一口气说道。

"确实有意思,小雷啊,你终于将那个宝藏理论用上了。"妈妈点着头说。

"哦,对了,我差点儿忘了,逸宙,西西答应来滨海了。她妈妈会陪她和孩子们一起来。你自己看看吧。"妈妈从包里取出一张明信片,"昨天收到的,怕影响你的毕业考,现在才拿给你。你不会怪妈妈吧?"

逸宙接过明信片,用很奇怪的眼神看着妈妈和小雷阿姨,心里在嘀咕:难道之前西西一直没答应吗?去年回到滨海后,逸宙就和西西连上了QQ,虽然西西几乎不上线,但逸宙会定期将"蔚蓝计划"的进展发在上面,她觉得,西西肯定会去看的……

这么说来,西西始终沉默,其实是有原因的?

她想起妈妈曾经说过的话,她觉得,应该还有一些自己不知道的故事。那么,现在可以敞开心扉来交流一下了吧。

"这里面,好像有些我不知道的故事,现在可以告诉我了吗?"逸宙问,那个始终在她心里藏着的疑问又跳了出来,"妈妈,这是不是和西西妈妈有什么关系?"

这天下午,逸宙被小雷阿姨和妈妈邀请去了一家雅致的咖啡馆,像大人一样和妈妈面对面坐下。优雅的环境、轻柔的音乐,加上飘香的咖啡,这里是个说话的好地方。

"大学的时候,我们就对社会心理学产生了兴趣,你知道吗?心理学家已经证明,人类有很多潜藏的技能需要被开发,比如,想象力需要在一个孩子二至七岁的时候去激发,而且,童年的丰润,可以让一个人长大以后获得更多的机会和成长。"妈妈说。

"对的,你在年轻时候去过的地方、遇到的人、学的东西、拥有的体验,都会成为你的财富和宝藏,化作气质跟随你,给你不一样的价值观。"小雷阿姨补充说。

逸宙没有说话。她知道,妈妈作为老师,喜欢从一个宏观的命题开始一个话题。

果然,妈妈继续说:"大学的时候,我们四个人像姐妹一样要好。你知道的,柳姨、小雷阿姨和我,大学四年都没分开过,还有一个,现在你应该猜到了,就是西西的妈妈。她和我们住一个宿舍,就在我的上铺,而且,当时她是我们当中成绩最好的……"

"那时,我们都还很年轻,意气风发,好像有使不完的力气,理想也很高远,总觉得我们生来就是来改变这个世界的。西西妈妈本来打算留校任教的,但阴差阳错的,那个名额落到了我的头上,加上一些别的事情,她一气之下病倒了。那段时间,小雷阿姨打算考研,柳姨去了报社实习,大家都忙得没时间关心她。然后,当我们意识到这个问题时,西西妈妈已经主动要求回家乡支援当地的教育了。"妈妈说。

"西西妈妈是从大山里出来的?"逸宙小心地问。

小雷阿姨点点头,说:"那个时候,能从大山里考到滨海来,非常不容易。而且,西西妈妈的成绩一直很好,大概只有一门课——社会心理学,考不过我。我那个时候,对心理学非常着迷,常常考全班第一。然后,我就在学校里成立了一个'宝藏小组',我想探讨指向人类内心的一些话题和问题,希望通过调研和社会考察来完成课题。我记得有一次,我出了一张问卷,想请同宿舍的同学都帮着填一下,没想到,却因此让西西妈妈的心里蒙上了阴影。唉,实在是怪我那时候太年轻,没想到去顾及别人的感受。"

小雷阿姨说到这里,忽然停了下来:"扯远了。还是听你妈妈继续讲西西妈妈的故事吧。"

"西西妈妈回到大山的事情,被当地媒体当作大事情来报道,说女大学生学成回归家乡,想为家乡办学支持家乡建设。那时候,大山里还很穷,陆续有人出来打工。毕业那年暑假,我和小雷阿姨还有柳姨约好,去了大山里,想劝西西妈妈回来,滨海的机会应该更多。如果她是赌气回去的,就可惜了。没想到,我们看到的她,居然嫁了人,已经挺着一个大肚子了。

"从那里回来的路上,我很自责,觉得多少是因为我留校,让她离开了滨海,虽然我内心知道,这不全是我的原因。不久,我们得知,她的女儿西西出生了,而她得了产后抑郁症,对女儿不管不顾。从那个时候起,我们每年都会利用暑假去大山里,一方面念同学之情,另一方面,想给西西一个灿烂的童年。一开始那几年，真是很辛苦。不过，也因此和大山结下了一段情缘，后来还发生了很多事情，西西妈妈，还有大山里的许多人，都在为大山变得更好而努力着，而我们三个，也沉浸其中，乐此不疲。可我们也都很小心，不敢在西西妈妈面前提到滨海。"

"为什么？"逸宙问。

"大概那个就是心结吧。"小雷阿姨说，"西西七岁那年，我就提出过，可以让西西去滨海或北京读书，西西妈妈不同意，她坚持说大山里也可以出凤凰，西西也懂事地说要留在妈妈身边。"

"逸宙，你大概没想到，那个心结，居然被你打开了。"小雷阿姨说，"我一直觉得，同龄人之间可能有一种特别的情愫。你想呀，你妈妈几乎每年都去，我呢，大概两三年也会去一次。因为我对画画有研究，所以让西西学画画是我提议的。可是，我们都那么小心，生怕会伤害到西西或者她妈妈。倒是你，一下子就答应说，要让小艾来滨海看看，后来又说，要让那些孩子都来滨海。这一年里，我看着你们一步步接近目标，我心里担心，不知道西西的态度，所以，一听说有这个画展，我很兴奋。我和西西一起写生的时间不短了，我知道她内心对绘画的喜爱和渴望，也许这是最有可能打动她的。"

"又扯远了。我的意思是，有的时候，行动的力量远大于内心的揣摩,而找到那个通道的大门,是很关键的。当一个人内心的宝藏被打开了,以后的事情就好办了。"小雷阿姨说。

"所以,你将这个特展命名为宝藏通道?你的意思是,西西的画是打开她内心宝藏的秘密通道?"逸宙若有所思,"小雷阿姨,你的意思是,我们每个人心里都藏着宝藏,但每个通道入口的钥匙不一样,要想打开宝藏,需要找到对的人和对的方法,对吗?"

妈妈笑了:"差不多吧。你小雷阿姨就一直在研究钥匙和锁匹配的问题呢。"

逸宙点点头:"小雷阿姨,我可以给你提供新的样本。你大概不知道,程程的宝藏通道,是被娅娅奶奶打开的;而娅娅的呢,按照她自己的说法,是被阿波罗和老孙头打开的……"

"好了,给你点阳光,你还真的一路灿烂下去了。"妈妈幽默地打断了逸宙的话,"该回家了,小雷阿姨忙了一天,还没歇脚呢,你呢,抽空给西西和小艾她们写封信。西西中考结束了,你正好可以详细和她说说这个'蔚蓝计划'的内容,告诉她,我们都热烈欢迎他们来滨海。"

"没问题。"

逸宙很早就想过要给西西和小艾她们写一封信了,虽然QQ可以交流,微信和电话也挺方便的,但那些总显得有些碎片化，没有铺开信纸认真诉说来得正式。

妈妈的提议正中她意，她想说的话实在太多了，回到家，逸宙就躲在书房里忙碌起来。几个小时后，一封字迹娟秀的信写好了，洋洋洒洒，描绘了一个美好的假期计划。

亲爱的西西、小艾，还有大山里的小伙伴们：

你们好！

时间真是飞快，转眼，我们见面的日子又要到了。

今天上午，我完成了小学毕业考，开始翘首盼望我们相聚的日子。中午我们去了一个地方，这个，我后面会说到，容我稍稍卖个关子哟。现在是下午五点，我坐在家里的书桌前，终于可以理一理思绪，安静地给你们写这封信了。

其实，这些日子以来，我一直有冲动要给你们写点什么。但一来学习忙，二来觉得在QQ上可以随时沟通，我就懒得动笔了。直到收到西西寄来的明信片，我才再次萌生了写信的念头。

先说看到明信片的感受，不只是我，还有我妈妈、小雷阿姨（我们还没来得及告诉柳姨，否则肯定要包括她），都高兴坏了。知道你中考考得相当不错，真为你骄傲。而更让我们高兴的是,你说,你妈妈会陪你一起来滨海,这应该是她大学毕业后第一次回母校吧?所以,这次的"蔚蓝计划",不仅仅是我们小孩子的欢聚,还是滨海大学98级闺蜜校友的一次团圆会。

去年9月开学后,我们就进入了小学阶段最后一个学年的紧张学习中,虽然特别忙,比如有重点学校的面试和笔试,有全国数学竞赛,还有校级女足锦标赛等,但我们只要有点儿空,就会为"蔚蓝计划"谋划和努力。而且,我们周围聚集了一大批好心人,他们都为这个计划出过力。经过这大半年的努力,现在呈现在你们面前的,将是一份"大餐"。

好了,言归正传。现在请允许我来揭秘你们在滨海的所有行程。

首先我想告诉你们,车票已经预订好了。是我家楼上的老孙头和他的那些老知青朋友的一份心意,他们说,可以让你们来看看滨海,他们高兴。具体时间和车次等信息,我会做成表格发给你们。

然后,我要再次隆重介绍滨海这座城市。你们知道吗?仅仅过了大半年,滨海就有了很多变化。如今,这里正在实施"智慧城市"的战略,到处都有新鲜的东西可以让你们去感受。所以,这一次的"蔚蓝计划",不是仅仅来看一看大海那么简单,你们在这里的每一天都会有收获,现在我只能挑选最精彩的告诉你们。

小艾,来滨海一定要去海边沙滩上玩一天。我们小区居委会的阿姨们,已经帮你们准备好了泳衣,还有玩沙子的那些用具,我已经在"市民之家"看到那些五彩缤纷的铲子和小桶了。到时候,我们可以尽情地在沙滩上玩耍。而且,暑期的沙滩上会举办沙雕节等活动,每次都会有很多人慕名而来,你们千万不能错过哟!

离沙滩不远的地方,是滨海著名的中学——滨外附中。去这个学校读书是我的梦想。老孙头已经帮你们约好了,会有一天的时间去那里参观,那里的人工智能实验室特别棒,比科技馆还值得看。而且,那天还有一堂远程课程的录制,那里的老师说要专门邀请你们参与,到时候,你们将是这所学校迎来的最尊贵的客人。

西西,我今天已经看到那个美术特展了。大山里小伙伴们的画,放在那里一点儿不逊色,很清新脱俗,超有感觉。开幕式定在下个月的8号,那时你们应该已经在滨海了,你和小艾要作为嘉宾参加开幕式哟,到时候会有许多人来参观,可能还会有电视台的采访呢,想想就让我羡慕啊。

西西,我中午站在那里,看着你画的一排兰草,心里有很多话想说,却又不知道该从何说起。我记得你说过,大山里的兰草,貌不惊人,安安静静的,但总有一天,它们会散发幽香。我忽然觉得,我闻到了那种幽香……你知道吗?小雷阿姨为这个特展起了个很有意思的名字:宝藏通道。

我觉得这个名字很合适。听主办方介绍,这个画展会持续一个月,结束的时候,他们会做一次慈善拍卖,然后将善款捐给最需要的人。我会把你送我的那幅报岁兰也放到那里去,如果你可以在滨海多待一段时间的话,就可以见证那个拍卖时刻了。

还有啊,娅娅搜索好了你们在滨海期间各大博物馆的展览预告,还有影院和音乐厅的演出预告。程程通过网络募集到的那些好心人的善款,就专门用来买票吧,我们还去预订了足球场……你们在这里的每一天——每一个白天和夜晚,都将充满科技和艺术的气息,都会是最精彩的。

哦,差点儿忘记了,我妈妈已经准备好了床品和毛巾被,西西和小艾分别住在我和娅娅的家里。别的小伙伴,我们也会一一安排好的。

201

娅娅奶奶说,她要做滨海的特色菜给你们吃。我们这里的"市民之家"还有许多热心的阿姨、伯伯,他们都做好了准备,期待着你们的到来。

不能再说了,我想,你们一定已经迫不及待了吧。

我已经在盼望着你们快快到来了,而当你们手捧这封信时,大概离你们来滨海的日子就很近很近了。

去年初夏的一个愿望,今年初夏可以实现了,真好!

还是那句话,以后的每一个暑假,我们都要见面哟!

祝好!

逸宙

第十七章

病房里的笑声

阿波罗自从在网络上出名之后,娅娅甚至比程程更疼爱它。她带着阿波罗去老孙头家听课,带着阿波罗去音乐老师家学琴,就连大家一起商议"蔚蓝计划"时,娅娅也不忘记让阿波罗出席,成为队伍中的一员。

她和程程商量好了,要写一首欢迎曲,用钢琴和小提琴的和声,再配上阿波罗曼妙的舞姿,录成视频放到"市民之家"的大屏幕上去。

不巧的是,欢迎曲来不及写完,奶奶就病了,家里也因此乱了套,一日三餐都不准时了,更别说有人好好照顾阿波罗了。

阿波罗呢,也变得不淡定了。平时奶奶喂它三餐,为它洗澡,现在看不到奶奶了,阿波罗似乎有点儿烦躁,老是做出奇怪的举动来。

娅娅看在眼里,很为阿波罗担心,这只猫可是她的"贵人"。她悄悄将手机里录的奶奶在病房的视频放给阿波罗看,一边放,一边说:"你看,奶奶不是好好的吗?医生说了,奶奶很快就可以出院了。你不要这么急,你要多吃点,让奶奶看到一个胖胖的阿波罗哟。"

当然,娅娅也会将阿波罗的视频拍了带去给奶奶看,如果不是因为不可以带宠物去医院,她大概早就带着阿波罗去看奶奶了。

老孙头见多识广,听说了阿波罗的状况,就提议要带它去宠物医院看看,是不是得了猫咪抑郁症。虽然两个女孩都笑老孙头太有想象力,但是,她们还是采纳了他的意见,将阿波罗送去了宠物医院。

幸好,宠物医院打来电话说,阿波罗没什么问题,可能是吃得少了,精神状态不好,养一段时间就好了,还约了时间让娅娅去把它接回来。

然后,娅娅就将这个光荣的任务交给了程程。那天,程程说起考完试要去接阿波罗,没想到妈妈欣然表示可以陪程程一起去。妈妈的这个举动,让程程心里欢喜了好久。妈妈嘴上不说,但从她对阿波罗的态度中,程程感觉到了妈妈的变化。

过了几天,医院的病房里来了一位特殊的客人,他是坐着轮椅被娅娅推进病房的。

"老孙头,你怎么来了?"奶奶半靠在病床上,脸上有了一些红润。在医院大半个月了,胃口慢慢好起来了,可奶奶还是没什么力气。眼看着暑假临近了,奶奶的情绪时好时坏,她的心里惦记着家,很想回去,又怕自己的病会拖累家里人,有的时候会一个人唉声叹气。

"我早就想来看看你了,想到那些日子,你为我们忙进忙出的,心里过意不去啊。还有,我估计你也想它了吧?"老孙头说完,解开衬衣,里面探出一个小猫的头来。

"阿波罗!"奶奶叫了起来。

"嘘……"老孙头把手指放在嘴边,做了个不要发声的手势,"医生不让阿波罗来看你,我是悄悄带来的。你就看一眼,不要出声。"

娅娅站在一边,看着两个老人,此刻正目光慈祥地看着阿波罗,而阿波罗呢,仿佛知道这里是病房,需要安静,一声不吭,乖

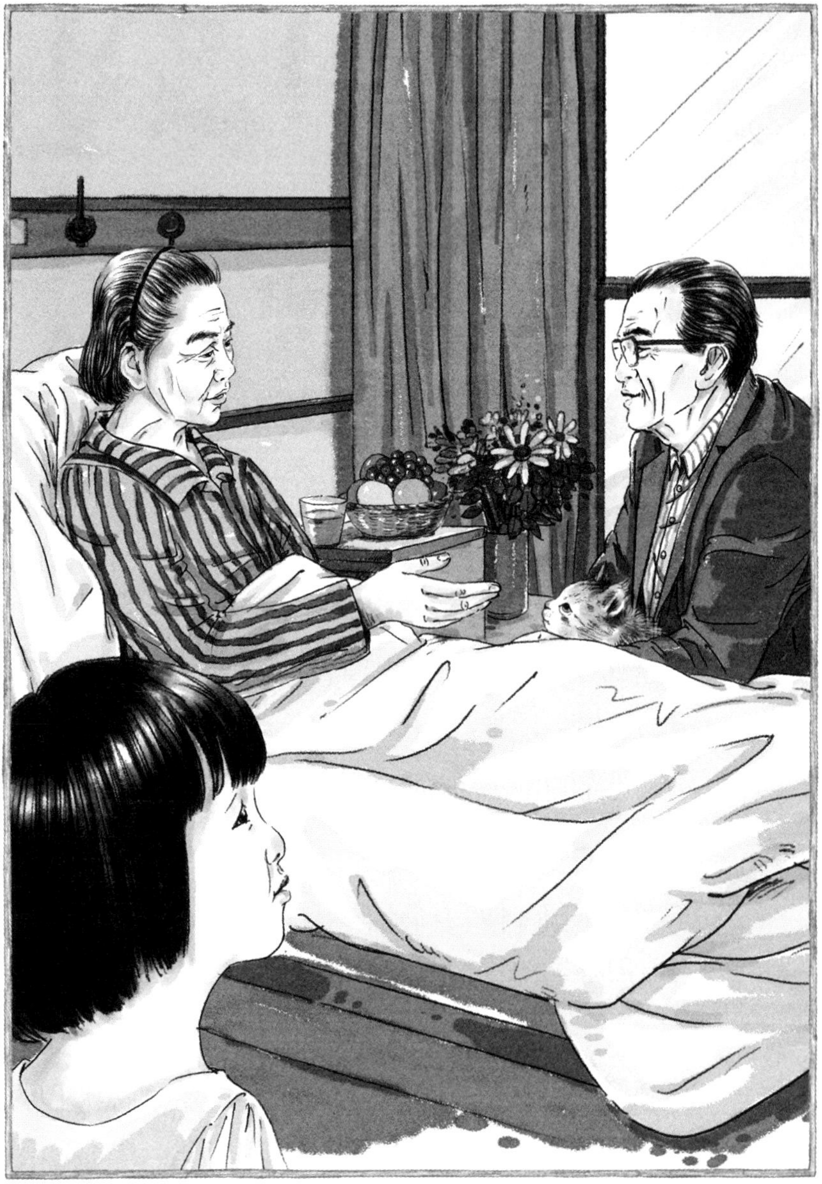

极了。

"真是想念啊,我不在家,幸好,阿波罗可以陪你讲讲话。"奶奶说。

"是呀,孩子们要上学,这一段时间,阿波罗都在我家呢。你放心,已经去宠物医院检查过了,阿波罗一切都好。"老孙头说,"这小猫通人性的,别说小孩子们喜欢,我也喜欢它。好了,你看到了就好了,娅娅,带阿波罗去外面走走吧,轻一点儿,别让医生看到了。"

娅娅赶紧张开衣服包住了阿波罗,大踏步走出了病房。

自从奶奶认识了老孙头,娅娅和程程就多了一个据点,去有学问的老孙头家,妈妈们一般不会阻挠。

老孙头的家,始终敞开大门欢迎她们。老孙头似乎也因此变年轻了。他跟着孩子们学会了微信的很多使用小技巧,还学会了上网购物,学会了用支付宝付钱,甚至学会了用手机开微课。今天来医院坐的轮椅,就是他在网上买好,快递直接送上门的呢。

奶奶和老孙头寒暄了几句,然后说道:"娅娅说,那些孩子要来滨海了。我本来想,如果让他们都住进小区的邻居家里,那才热闹呢。可我这一病,没人张罗这事情啦。那天庞阿姨来,我就说了这想法,她说她去张罗呢。"

"是呀,我家也报名了,可以住两个孩子。你放心吧。"老孙头说,"庞阿姨动员过了,大家都抢着报名呢。你呢,安心养病,等孩子们来滨海的时候,你必须好起来,你还要露一手,给他们做几道拿手菜呢。"

房间里,两个老人说得热闹;医院的草坪上,阿波罗高兴地在撒欢儿。

这一段日子,不紧不慢,却又好像飞快向前。

她在心里不断地祈祷奶奶快点好起来。她回想着,觉得这种安宁是从去年夏天奶奶的到来开始的,美味的饭菜,滨外附中的梦想,还有与阿波罗的相遇……如果没有奶奶,这一切可能都不会发生。

想到这里,娅娅觉得好神奇,现在,世界将在她面前展开更美妙的画面,多好啊!

初夏时节,小草已经细密地长起来了,阳光很好,娅娅看着眼前的一幕,心中感受到安宁和满足。

尾　声

未来已来

暑假悄然而至。

今天,是个好日子。

今天是西西他们来滨海的日子。

一大早,逸宙就被闹钟叫醒了。她一骨碌爬起来,今天有太多的事情要忙呢。

这一天,终于盼来了。

天气预报说,今年的一号台风,已经在东海的海面上生成了,将于明天在福建沿海登陆。这一次,滨海市的运气不错,可以与台风擦肩而过。这个消息让始终揪着心的娅娅、逸宙和程程的脸上有了笑容。

昨天,小区里就已经很热闹了,很多人家都在擦窗户,小区的大门口,挂上了老孙头新写的对联,居委会的庞阿姨和几个邻居张罗着挂上了红通通的灯笼和欢迎彩带。

居委会租了辆大巴车,一大早就停在小区的停车坪上。逸宙妈妈从花市买来了一大捧鲜花。待会儿,她们要带着鲜花去火车站接西西他们啦。

今天,也是娅娅奶奶出院的日子。

娅娅也起得很早。她拉开窗帘,看着阳光透过窗户照射进来,将房间里的家具染上了一层金色。她看看旁边奶奶的床铺,妈妈已经将奶奶的床单换成新的了,想到奶奶马上就可以回来了,娅娅感觉很幸福。

奶奶的病差不多好了,在医院前前后后待了快一个月,总算休养好了,没有留下什么后遗症。奶奶知道今天小区里会很热闹,吵着要凑个热闹,在今天出院。她说,开心的日子要包馄饨。

于是,娅娅和妈妈一起,早就把准备工作做好了,馅料做了一大盆,又托程程妈妈帮着买来馄饨皮,这些现在就放在小区的"市民之家"里呢。

小区的许多邻居自发跑去张罗。大家都说,娅娅奶奶要回来了,还有那么多大山里的客人要来,这个"市民之家",得布置得喜庆一点儿,给老人家和那些孩子一个惊喜。

吃过早饭,娅娅一家三口就准备出发了。

爸爸先下楼去发动汽车,妈妈和娅娅收拾停当,刚要出门,门铃响了。

这么早？娅娅正好在门口穿鞋,顺手拉开了门,门口站了一个顺丰快递员,手里拿着一个大信封。

娅娅接过来,看到落款是滨外附中,心脏开始狂跳。

早两天,妈妈就在说,滨外附中开始发录取通知书了。不过,妈妈这话是悄悄和爸爸嘀咕的。而娅娅自然也在关心这张通知书。她问过逸宙,逸宙点头说:"确实,已经收到了。"那么,难道自己的笔试没过？最终还是落选了吗？

还好,好消息正在不远处等着她呢。她向妈妈扬一下信封,脸上的笑容慢慢漾开:"应该是录取通知书吧。"

妈妈的眼睛睁得老大,似乎不敢相信:"滨外附中的？这么好？这么好?!"

娅娅按捺住内心的涟漪,打开来,确实,一张粉色的录取通知书赫然呈现在眼前。

"娅娅,你太棒啦！我知道了,肯定是你的超常发挥,给学校

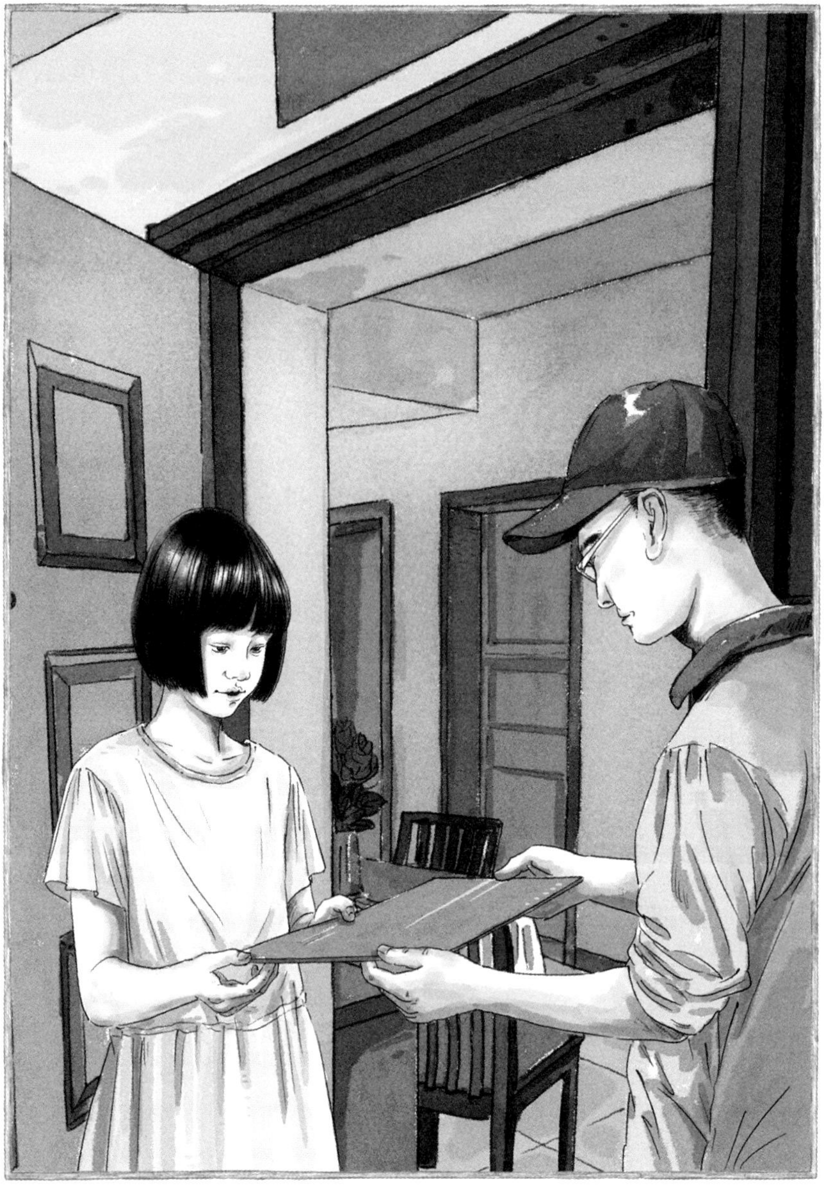

留下了深刻印象。人家说,那里每年都会录取一两个特殊的幸运儿,没想到这样的幸运会落到我们家。太棒啦,实在太棒啦!"

娅娅只是笑,她还没从惊喜中缓过来。

"怎么还不下来?我的车堵在小区门口,快,快,快!"爸爸打手机催促了。

"妈妈,我把这个带着,让奶奶也高兴高兴。"娅娅将通知书装进随身的包里,对妈妈说。

"好。我们快下去,爸爸等急了。"妈妈点点头。

"妈妈,这下你放心了吧,奶奶不会为你生下我而埋怨了。"娅娅笑着说,"我也不用为自己是女孩而自卑了。"

妈妈用手搭着娅娅的肩膀,紧紧地将她揽入怀中,轻轻地对娅娅说:"太好啦,娅娅,你是好样的,爸爸妈妈,还有奶奶,我们都爱你,非常非常爱你。走吧,快点,奶奶该等急了。"

阿波罗安静地躺在老孙头的怀里,慵懒而满足的样子。

程程和妈妈相视一笑,那笑容里,有太多的含义。妈妈仿佛在这几个月里,完成了一次从陪伴到放手的转变,把对程程满负荷的爱的枷锁,打开了一点儿。

就像阿波罗找到了老孙头这个归宿后的安定一样,程程现在变得开朗多了。身体的敏感也许没有这么快变好,但没有了妈妈始终盯着的眼睛,心灵的重负放下了,未来似乎也因此打开了。

这会儿,她们和老孙头一起,在"市民之家"里布置着会场,这个小区,从来没有像今天这么热闹、欢快过。

老孙头和邻居们都有一个深刻的体会,娅娅奶奶在的时候,总是可以听到她爽朗的笑声和说话的大嗓门儿,看到她把亲手做的好吃的送这家送那家,谁家要是遇到事情,她都大包大揽地说:"没问题,我来!"接送个孩子呀,倒个垃圾呀,似乎全是她不经意的小事情,举手之劳而已。

娅娅奶奶住院的这一个月里,大家才忽然意识到,这些善良与帮助是多么难能可贵啊!奶奶像是一条纽带、一支黏合剂,紧紧地将小区的居民们连在了一起,也让大家更加珍惜这份珍贵的邻里关系。

所以,今天,就在"市民之家",大家要授予娅娅奶奶一枚奖章,除了祝贺她康复之外,也谢谢她的善待和慷慨,是她让小区温暖如家。

一束明媚的阳光,从"市民之家"的落地窗照进来,照在每个人的笑脸上。未来已来,大家都在期待着、想象着,准备迎接即将到来的欢腾与热闹。

知识链接

新时代的中国

任昳霏（国家图书馆副研究员）

  二十一世纪中国东部的沿海城市，是故事的主人公娅娅成长的地方。生活在当下的我们经常会以为我们拥有的一切都是那么理所应当，实际上，回顾中国几千年波澜壮阔的历史，我们会发现我们拥有的安宁生活是多么来之不易。我们的先辈曾经经历过古代的辉煌，也经历过近代的屈辱和抵抗。新时代中国在改革开放四十年之后，开始全面享受这个时代给我们带来的累累硕果。东部沿海城市处在当代中国经济最发达的地区。如今，娅娅和她的小伙伴们住在高楼大厦里，玩着乐高积木、逗着可爱的猫咪阿波罗、用电脑制作着幻灯片、用微信"晒"着照片，可十年前的中国还不是现在这个样子。高速发展的中国取得的成就举世瞩目，也为普通百姓的生活带来了前所未有的变化。

  当然，新时代中国的高速发展也带给故事里的主人公新的烦恼。一方面，经济水平的提升使得家长愿意为孩子各方面能力的培养花费更多，于是，没完没了的培训班充斥着城市里"娅娅"们的生活。另一方面，丰富的信息获取途径让以程程为代表的孩子们有更多机会接触社会，但也容易在网络的虚拟环境中迷失自我，如何利用网络提升自己成为许多孩子的必修课。与此同时，远在大山里的"西西"们却因为地区发展落后而无法获得优质的教学资源和良好的学习环境。如何让全中国的孩子都享受到改革开放的成果，是娅娅和她的小伙伴们在努力的事情，也是新时代中国正在努力解决的事情。生活在当代中国的我们需要一起努力，让我们的时代变得越来越好，也让我们自己变得越来越好。

滨海城市的代表——厦门

支教促成的"未来计划"

  故事中，逸宙妈妈和朋友们有一个念念不忘的地方，她们常年在这里做着一项令人敬佩的工作——支教。支教就是来自教育发达地区的志愿者支援落后地区中小学教育教学的行为。当代中国，参加支教的志愿者数量十分庞大，大家都有一个共同的愿望，就是改善中国落后地区的教育现状。文中提到的山区是云南省东南部边境的一个县。这里是属于大山的土地。相对闭塞的环境里，许多孩子的父母迫于生计都外出打工了。留在山里的孩子们不仅需要更好的教育资源，更需要来自父母的关爱。逸宙妈妈和柳姨、小雷阿姨，是千千万万个支教志愿者的代表，她们身体力行地改变着山区的教育环境。她们的精神被孩子们看在眼里，记在心里。记忆是可以复制的，关爱的基因将传递下去。因此，让山里的孩子看到海，不仅是"蔚蓝计划"，更是"未来计划"，因为这能开阔他们的眼界，更能温暖他们的心灵。

而新时代的志愿精神亦由此体现。就像山的磅礴带给逸宙心灵的涤荡，逸宙妈妈也坦承自己在支教的过程中有所收获。"奉献、友爱、互助、进步"是新时代的志愿精神，也是志愿者与帮扶对象共同成长的真实写照。

支教老师在给孩子们上课

精准扶贫

由于我国疆域广、人口多,各地经济发展水平不一,因此从二十世纪八十年代中期开始,我国就针对经济欠发达地区开展了扶贫工作。经过三十余年的努力,数亿人摘掉了贫困的帽子,我国成为全世界首个实现联合国千年发展目标——将贫困人口在2015年之前减少一半——的国家。随着脱贫工作进入攻坚期,"用手榴弹炸跳蚤"的形式已经不再适用,因此中共中央提出要"精准扶贫"。精准扶贫是指针对不同贫困区域环境、不同贫困农户状况,运用科学有效程序对扶贫对象实施精确识别、精确帮扶、精确管理的治贫方式,要求"通过扶持生产和就业发展一批,通过易地搬迁安置一批,通过生态保护脱贫一批,通过教育扶贫脱贫一批,通过低保政策兜底一批",从而实现全面小康社会。故事中,逸宙和妈妈去的学校,就得到了精准扶贫政策对教育环境的资助和帮扶。在党和政府与众多志愿者的共同努力下,大山里的孩子们获得好的教育不再是奢望。

乡村学校

互联网与新媒体

互联网诞生于二十世纪六十年代末,于七八十年代蓬勃发展。1994年4月,我国与国际互联网络实现全功能连接,从此,中国与世界的联系更为紧密。网络也以其方便、快捷、开放、信息容量巨大等特点迅速走进中国人的生活。据调查,截至2018年6月,我国网民数量为8.02亿,其中手机网民达7.88亿,占98.3%,网络购物与互联网支付已成为网民使用比例较高的应用。在故事中,娅娅妈妈通过浏览网页了解女儿升学信息,逸宙利用网络地图得知妈妈支教的地点,山里的孩子能通过远程教学课程学习丰富的知识,孙爷爷更是利用网络购物平台为自己订购了一把轮椅,享受了一次送货上门的便利。

学生们在接受远程教学

近年来，伴随互联网的飞速发展，新媒体应运而生。新媒体有别于传统媒体（报刊、广播、电视等），是利用数字技术，通过计算机网络、无线通信网、卫星等渠道，以及电脑、手机、数字电视机等终端，向用户提供信息和服务的传播形态，最为人们所熟悉的就是网络电视、电子杂志、贴吧、博客、微博、微信公众号以及短视频等。故事中，娅娅和程程通过短视频平台让小猫阿波罗成了"红人"，新媒体让人们有了展示自我的舞台，同时也拉近了人与人之间的距离。

随着5G时代的到来，互联网必将越来越深刻地影响人们的生活。